回忆当铺

想い出あずかります

（日）吉野万理子◎著

夏殊言◎译

 化学工业出版社

·北京·

图书在版编目（CIP）数据

回忆当铺／（日）吉野万理子著；夏殊言译．—北京：化学工业出版社，2017.3（2024.6重印）
ISBN 978-7-122-28598-0

Ⅰ．①回… Ⅱ．①吉… ②夏… Ⅲ．①长篇小说—日本—现代 Ⅳ．①I313.45

中国版本图书馆CIP数据核字（2016）第290412号

OMOIDE AZUKARIMASU by Mariko Yoshino
Copyright © Mariko Yoshino 2011
All rights reserved.
Original Japanese edition published by SHINCHOSHA Publishing Co., Ltd.

This Simplified Chinese language edition is published by arrangement with SHINCHOSHA Publishing Co., Ltd., Tokyo in care of Tuttle-Mori Agency, Inc., Tokyo through Pace Agency Ltd.

本书中文简体字版由日本新潮社授权化学工业出版社独家出版发行。未经许可，不得以任何方式复制或抄袭本书的任何部分，违者必究。

北京市版权局著作权合同登记号：01-2016-9232

责任编辑：李 壬　李岩松　　　　封面绘图：Starry 阿星
责任校对：宋 玮　　　　　　　　装帧设计：蚂蚁王国

出版发行：化学工业出版社（北京市东城区青年湖南街13号　邮政编码100011）
印　　装：三河市双峰印刷装订有限公司
880mm×1230 mm　1/32　印张 7½　字数 140 千字　2024年6月北京第1版第13次印刷

购书咨询：010-64518888
售后服务：010-64518899
网　　址：http://www.cip.com.cn
凡购买本书，如有缺损质量问题，本社销售中心负责调换。

定价：32.80元　　　　　　　　　　　　　　　　　版权所有　违者必究

目录

序章　　/ 001

一　　　/ 004

二　　　/ 022

三　　　/ 059

四　　　/ 091

五　　　/ 132

六　　　/ 179

七　　　/ 213

想い出あずかります

序章

  大人们啊，他们的心眼也未必都和下水管似的那么粗大，有时发生在孩子身上的"小异常"也会被他们察觉到。

  就拿刚从邻镇搬过来的泽松智也老师来说吧。他手下那帮六年级的学生就有个"怪癖"。每当写"回忆"这词的时候，他们都会写成假名"おもいで❶"而不是汉字"回忆"。

  当然了，在考试时如果出题"请写出下列假名所对应的汉字"，他们还是会老老实实地写上"回忆"两个字。只是在不要求必须写汉字的时候，他们就会用假名来替代。例如作文题是"暑假的回忆"，全班三十个人作业本上的标题居然都是"夏休みのおもいで"。

---

  ❶ "おもいで"即是回忆的意思，罗马音为 omoyide。

回忆当铺

一开始这个问题还让泽松老师疑惑了好一阵子,但后来怎么想也想不通就随他们去了。结果到了第二年的暑假,连他自己也和孩子们一样,布置暑假作业时,在黑板上写的是"命题:夏休みのおもいで"。

再来举个例子。

一天,在鲸崎站当站务员的芋川满在家一边看着老电影,一边问十一岁的儿子大和:

"你知道当铺是什么吗?"

"当然知道。就是把自己的东西放在里面换成钱,如果到时候还不上钱的话,东西就要不回来的地方。"

儿子如此迅速的回答让满感到惊讶,说得好像他真去当过东西似的。其实就连满自己也只是在电影里见过,他这辈子还没踏进过当铺的大门。

当然满也没细究,还是继续看自己的电影。

大人们即便察觉到古怪,也不会往下多想,所以鲸崎町的孩子们经常往山崖下跑也就没有引起他们过多的关心。他们一致认为那下面肯定是孩子们建立的"秘密基地"。一想起秘密基地,五彩的烟火仿佛又在眼前绽放,二三十年前的童年时光在他们脑海中苏醒。

"要对山崖进行安全管理?每次有人提议都会遭到孩子们的强烈反对。"

想い出あずかります

  事实上大人们一般也不会去山崖下面。

  因为山崖下有一座石造的小屋，里面住着一个魔法师。只有孩子们知道，那座小屋是一间特殊的当铺。

一

"你快点走啊。"

听到哥哥大和的催促声,遥斗不满地噘起了小嘴。

"脚被野草刮到了,很疼哎。"

要下到海边,必须通过这条狭窄的石阶。也不知道是哪年哪月的产物,石阶早已变得凹凸不平。地面的缝隙里长出坚韧的杂草,刚才遥斗的脚踝和膝盖就被草茎刮到,留下了细小的擦痕。

石阶四周矗立着一棵棵松树。茂密的枝叶像顶盖似的遮挡住天空,枝条歪歪扭扭,明知是强劲的海风吹歪的,但遥斗还是会想,莫非是那个人做的怪?想到这里,他不安地抬头看了一眼头顶的绿荫。不管是脚下的石阶还是遮挡石阶的松树,肯

想い出あずかります

定都是那个人用魔法变出来的。我现在就要去见那个人，对了，或许不应该说是"那个人"，究竟是不是人还不清楚。难道是妖怪？不要啊，越开越大的脑洞所释放出的引力拖住了遥斗前行的脚步。

石阶走到半途，他们拐弯走上了小路，海滨从视野中滑出。关于石阶的级数还有个说法。无论你多认真去数，每次数下来的结果都不一样。有说两百级的，有说两百零七级的，还有人数完连两百级都不到，只有一百九十八级。

遥斗现在没那个心情去数。越往下走，石阶两侧的杂草就越密。他连环顾四周的空闲都没有，一个劲儿地用双手拨开挡路的杂草，一步一步小心翼翼地前进。

潮水的腥味与浪花击打岩石的声响刺激着遥斗的鼻子和耳朵。快要到了。

"你脚划伤啦？早就让你穿长裤来的，谁让你不听。"

大和架着胳膊，气鼓鼓地回过头对遥斗说。或许是俯视的关系，他那双三角眼看起来要比平时更为锐利。埋怨归埋怨，他自己来之前倒是做好了准备工作——他穿着棉麻长裤和卡其色的长袖衬衫。

"你是说过……"

遥斗不情愿地嘟囔着。难得来一次海边，穿着碍手碍脚的长裤就不能尽情玩水了。但他没想到一路会有这么多碍手碍脚的野草，真是失算。哥哥真讨厌，也犯不着这么凶巴巴地说我啊。两兄弟都气鼓鼓的，一声不响地往下走。

"唉，算了，还是回去好了。"

大和有些懊恼。一般周六他都要睡到下午才起来。为了给遥斗带路，今天他破例十一点半吃中饭，十二点就出了门。一路都没什么好心情，大和故意打了一个大大的哈欠来表示自己的不满。

遥斗却故意装作没看见，别过头板起脸继续往前走。大和看见从遥斗深红色短裤里伸出来的半截小腿上的确有很多伤口，有些还残留着淡淡的血迹。这时他才意识到只有小学一年级、身高不过一米零七的弟弟去拨动那些连自己也觉得麻烦的野草的确挺不容易的。

"好吧，好吧。"

他小声嘀咕着。跟在遥斗的后面向目的地前进。

"快看，到这里已经能看见海边了。走到那棵大树下面，就能看见屋顶了。"

"是吗？哪棵树？"

遥斗兴奋地跳了起来。搞什么啊，这么快就不生气了。大和突然觉得自己的体贴和关怀有些浪费。

"哪里？哪里？哥哥快告诉我。"

"那里。"

想い出あずかります

大和没好气地伸手指向远方。山崖下海湾的避风处有一座小屋。小屋的屋顶是鲜艳的红色，外墙是暖黄色。遥斗觉得那屋子像车站附近的西点屋。

两人总算走完了石阶，但之后的路程并不是想象中的沙滩，而是不平难走的石头路。铺满黑石头的道路走到一半开始变得平整，之后的路面就像被细心打磨过的黑板。路的尽头就是那座西点屋似的房子。

这是一个非常小的海湾，应该没有渔船会来这里靠岸。东面一公里处有两块较大的海滨，一块用作渔港，另一块改建成海水浴场。正因为如此，大人们才不会来这种犄角旮旯。不过，反过来说，要不是没人来显得清静，那位魔法师也不会在这种地方开店吧。

おもいで当铺。

貌似是实木制的招牌上写着几个圆头圆脑的字。遥斗的认字能力有限，仅限"山、川、上、下"之类笔画简单的，但"当铺"这两个笔画较多的汉字他竟然读出来了。鲸崎町五岁以上的孩子差不多都认识这两个字，在他们还没能力下到海边的时候，已经通过别的渠道听说过这家店了。

只要照哥哥说的做，就能从店里拿到钱了。有钱就能偷偷地买妈妈不给我买的游戏。遥斗心里打着小算盘，轻轻地吸了下鼻子。涨潮时海水在沙滩上留下寄居蟹和海星，但从不远处鲸岛涌来的回头浪又将这些东西收回海里。波涛是蓝色的，蓝得发黑。那个魔法师一个人住在这种地方，晚上不会觉得害怕吗？难道大海是惊涛骇浪还是风平浪静，都依魔法师的心情而定？

"进去吧。"

在大和的催促下，遥斗推开木质的大门。如果没有哥哥陪着肯定走到门口就打退堂鼓了。

✿　✿　✿

"你知道这家店是干什么的吗？"

魔法师问遥斗。端坐在沙发角落里的遥斗小心翼翼地点点头。刚才还出神地盯着窗台上的蜗牛发呆的大和突然转过头对遥斗说：

"我已经和你说过了吧。"

说这话时大和皱着眉头。哥哥的确说过，但或许因为紧张，明明听过的东西却像条滑手的鱼儿跳入记忆的脑海怎么找也找不到了。

嗯，其实让他感到紧张的是面前的人。遥斗偷偷抬起头瞄了一眼魔法师，看见她从壁炉上的书架里抽出一本相册大小的文件夹。

想い出あずかります

和想象中的魔法师差别太大了。来之前遥斗还特意去了一趟图书馆,找了几本故事绘本(他也只能看看图片),想看看所谓的魔法师究竟是什么样子。

看完后,根据他的研究,所谓魔法师嘛——

· 通常穿着黑色的斗篷

· 或者戴着黑色的帽子

· 顶着一头粗糙的卷发

· 双目深陷

· 鹰钩鼻子

· 弯腰驼背

· 拿着手杖

· 年纪很大

嗯,就是这个样子的。之后的两周遥斗每天睡前都会在脑海中描绘一遍魔法师的形象,练习见到她时该说些什么。

但之前的努力都打了水漂。因为眼前这个魔法师和他想象的完全不一样。

首先,斗篷的颜色不对。她的斗篷是红色的,很深的那种。遥斗还叫不上来这种颜色,心想大概在粉红色里加上一点茶色应该能调出来。

她也没戴帽子,而只是一块把头发裹起来的印花大头巾。两撮打着卷卷的鬓发挂在耳边,一点儿不毛糙,反而银光锃亮。

眼眶也没有陷下去，鼻梁不但不弯还很高挺。背脊笔直，没有拿手杖，年纪一点儿也不大。

如果要问她和妈妈比，谁的年纪比较大，遥斗大概会苦思冥想一阵儿，但最后得出的答案肯定是魔法师。

嗯，魔法师原来是这个样子啊。

也就在遥斗观察她的这段时间里，魔法师一直站着翻看手中的文件夹，一边看还一边忍俊不已，根本忘记了遥斗的存在。

不知道该怎么开口的遥斗只能去看站在窗台边的大和。大和正专心致志地看着窗台上的三只小蜗牛从一端爬到另一端。

等他发觉遥斗在看自己，便说：

"它们是负责打扫窗户的保洁员。"

领头的蜗牛往前爬，从不知道是尾巴还是屁股的部位流出清洗剂。紧随其后的蜗牛顺着前面留下的痕迹，把清洗剂铺展开。最后那只蜗牛用尾部卷着一块指甲盖大小的抹布把前面的痕迹擦洗干净。

魔法师的身后有一个壁炉。现在是夏末，壁炉自然没有点火，或许只是装饰品，要么到冬天才会放入木柴点燃使用。

壁炉的右手边放着一座猫咪形状的台灯。台灯大概有五十公分高，猫身发出柔和的光芒。正因为有这座台灯和从窗外射进屋内的光线，才让房间内的氛围显得不那么阴森。另外沙发和靠垫出乎意料的柔软舒适。三个靠垫分别是红色、黑色和白

想い出あずかります

色，沙发罩上也有红黑白三色格纹。遥斗觉得这张沙发要比在家具卖场里见过的好看很多。

"不好意思，这些回忆看得我有些入迷了。"

魔法师合上文件夹，坐到遥斗对面的摇椅上。摇椅发出吱呀吱呀的声响，她坐在上面显得十分惬意。

"还是我对这家店的运营模式做一个简单说明吧。"

"好的。"

遥斗小声应答，心里在想，这个魔法师讲话的方式好奇怪啊。在他每天睡前的想象中，魔法师应该是用嘶哑而又神秘嗓音问"你从何处而来？"之类的话才对。而眼前这个魔法师简直就是电视里预报天气的大姐姐。"关东地区天气晴朗，甲信地区晴转多云"，这样的说话方式总让遥斗有种上当的感觉。难道这是捉弄人的电视节目？

"这个当铺呢，就是把你的东西寄存在这里换成钱。你的东西叫做当品。我说的你明白吗？"

哥哥好像和自己说过。遥斗这时候才慢慢想起来。他回答说：

"唔……我明白……应该吧。"

"好，那我继续。等你二十岁时还了钱，我就把当品还给你。但是，如果你到了二十岁还没有还钱的话，当品就会消失。也就是无法还你了。"

"唔。"

"那么,当品是什么东西你也清楚吧?"

遥斗脱口而出,这一点他记得非常清楚。

"是回忆。"

"没错,就是你的回忆。快乐美好的回忆,生气懊悔的回忆,寂寞的回忆。你必须把你的回忆说出来给我听。"

"好的。"

"我听过后,才能决定是否接收你的当品,能付你多少钱都是我说了算。也就是说,我会根据你这段回忆的有趣程度定价。我觉得有意思的回忆就会多给你钱,但如果是不那么有趣的回忆,就算数量很多,我也只能给你很低的价格。"

"嗯。"

"那你准备好要说什么了吗?"

"我想想,有很多。"

遥斗下意识地抬起头盯着天花板,想了一会儿突然说:

"对了,昨天吃晚饭的时候。"

"晚饭?"

"是的,昨天晚饭吃了蛋包饭和沙拉。"

"哦。"

"那能换多少钱?"

遥斗探出身子兴奋地问道。魔法师用手遮住嘴呵呵一笑道:

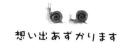

想い出あずかります

"那种不可以。"

"哎？"

"零元。"

"为什么啊？妈妈做的蛋包饭可好吃了。"

"因为这不是你的回忆，而是记忆。"

"那回忆和记忆有什么区别呢？"

遥斗焦急地转过头去看大和，但显然大和无视弟弟的求助，正从窗边架子上的一个罐子里拿饼干吃。饼干罐旁边有一只扎着蕾丝围裙的松鼠摇晃着像拖把一样的大尾巴在清扫掉落的饼干屑。

失望的遥斗只能把目光转回到魔法师的身上。

"刚才不是说过了嘛。回忆就是，以前发生过高兴的、懊悔的、不甘心的、能够影响到你心情的事情。妈妈做的蛋包饭很好吃只是很平常的记忆。但如果很少做蛋包饭的妈妈隔了两年才做了一次给你吃，你觉得真是太好吃了，那才能称之为回忆。懂吗？"

"唔，好像明白了。"

很可惜，妈妈经常做蛋包饭，大概一个月两次吧。这并不稀罕，所以也没觉得特别好吃。

"那是不是只要是非常高兴的事情就能算回忆？"

这次他没有抬头看天花板，立马就想到了。那就说一件和哥哥有关的事好了,说不定哥哥听了也会高兴,还会把手里的饼干给我一块。

"有一种东西叫昆虫卡片。全套有五百多张,其中最稀有的是锹虫卡,我们班里谁都没有。有一天哥哥对我说:'上五年级就不玩这个了。'就把他收集的昆虫卡都给了我。其中就有最稀有的锹虫卡。当时我非常高兴。"

说完遥斗瞅了瞅窗边。就像他想的那样,大和正拿着饼干看着自己。从魔法师那里拿到钱后,他也想尝尝饼干的味道。

"唔,很好的回忆。"

"那能值多少钱?"

"让我想想,既然你是初次光顾,那我就给你个优惠吧。三千五百元。"

"三千五百元?"

竟然有这么多?遥斗握紧放在膝盖上的拳头。帮忙看一天家才一百元,在院子里拔半天草也只有五十元,再多说几个回忆的话,赚得比压岁钱还要多了。三千五百元虽然是个大数目,但要买游戏的话还差一点。

遥斗正打着小算盘,大和的喊声却打断了他的计算。

"不行,这个不能当。"

大和一脸通红,难道他生气了?

"为什么?"

"因为……你不记得我和你说过的吗?你这个笨蛋。"

"你说什么来着?"

"当掉的回忆,是会从你脑袋里消失的。"

"啊……"

这样一说遥斗才想起来,大和的确说过。魔法师补充道:

"说得没错。作为当品的回忆是会从你脑袋中消失的。这段回忆就会变成记忆留存在脑海中。比如提起很久以前大和君把昆虫卡送给你的事,你会只记得有这件事,却想不起具体的内容。"

"但我只要在二十岁之前把钱还给您,不就能想起来了吗?"

遥斗说完,魔法师莞尔一笑。她笑的时候眼睛的颜色就像山坳中沉静的湖水一样深邃。

"大部分孩子都不会来还的。"

"哎?但他们应该有钱还啊。长大以后就能去打工,也可以找工作,就能赚很多钱了。"

遥斗敢肯定,是因为邻居家的大哥哥上高中后就不再为零花钱发愁。他在便利店里打工,每个月都有工资。

魔法师回答说:

"有钱是一回事。那些孩子长大后都有钱赎回自己的当品。只是他们不想把辛辛苦苦赚来的钱花在这种地方。"

"为什么?"

"因为回忆这种东西,有没有都无所谓啊。"

说完,魔法师又开始翻看放在桌上的文件夹。

"我这里有很多美好的回忆,却没有人来赎。只有我会不时地翻一下。"

"这样啊……"

"你应该和他们一样。如果把这段回忆当掉的话,就一辈子也不会记得有昆虫卡这回事儿了。"

忘了也没什么。一旁的大和小声嘟囔道。

"那我再想想看。"

遥斗又抬起头望着天花板。三千五百元啊,有些可惜。但回忆应该还有很多,学校里发生的事,家里发生的事……

"我想要五千元。"

他先说出自己想要多少,因为那个游戏要四千八百元。

"这可有些难办。因为这也不是特别稀罕的回忆。我付不了五千元。"

"那我说两个呢?"

"一天只能当一次,这是规矩。"

"为什么呀?"

"如果镇里的孩子都跑到我这里,一次性当掉很多回忆,那恐怕要出大乱子,大人发现后会来找我的麻烦。"

想い出あずかります

"哦。"

遥斗一脸失望,魔法师又说:

"如果是人生最初的回忆,无论是怎样的回忆我都可以付八千八百八十八元。"

"这么多!"

遥斗惊讶地站了起来,但他马上发觉自己有些失态,便装模作样地扯了几下裤子又坐了下来。

"只要是能想得起来的回忆就算吗?"

"对,只要是你能想得起来的第一个回忆。"

那太简单了,马上就能想起来。遥斗开始说:

"那是我第一天上幼儿园发生的事。妈妈没有按时来接我。"

"唔。"

魔法师用手指拨弄着卷发轻声附和。

"别人的妈妈都来接自己的孩子,小朋友一个个都走光了。"

说着说着,仿佛当时的情景在他眼前重现。

小村老师说:"给家里打个电话吧。"

说完就走开了。和他同班也还没走的隼人说:

"你妈妈是不是在来的路上出车祸死了啊?"

留下这句话后,隼人也回家了。那天的风很大,庭院里弥漫着被强风吹起的沙土。遥斗孤零零地站在院子里,眼里充满了泪水。风卷着沙,仿佛在手挽手唱着歌谣:你的妈妈死啦,你的妈妈死啦。

这时候,妈妈突然冲了过来。

"妈妈来迟了!"

遥斗记得当时妈妈穿着白色衬衫和粉红色的开襟毛衣,还有蓝色的牛仔裤和白色的运动鞋。他扑进妈妈的怀里,满脸的鼻涕和眼泪都擦在妈妈的白衬衫上,但此时的妈妈一点都不在意,甚至根本就没发觉。

"遥斗,乖,我们是男孩子,不哭啊。"

妈妈温柔地抱住遥斗。站在她身后的小村老师笑着说:

"啊,真是太好了。遥斗妈妈,下次如果要迟到二十分钟以上的话,请先打个电话。我们也会担心的。"

妈妈不住地点头道歉。

"你确定要把这段回忆当掉吗?"

魔法师又慎重地问了一遍,遥斗有些犹豫。妈妈每每提起这件事都会说:

"遥斗这孩子,第一天上幼儿园的时候,因为我来晚了,他就抱着我一个劲儿地哭个不停呢。"

如果把回忆当掉了……

"当掉了,就什么也想不起来了。"

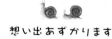
想い出あずかります

那妈妈再提起的时候他肯定会觉得很奇怪吧,会不明白妈妈在说些什么。

"啪嗒。"是什么东西打翻的声音。遥斗回过头,看见那个装饼干的罐子倒了。大和正慌慌张张地把它放回原位。他大概是闲得无聊想要爬到架子上去才会碰翻的吧。遥斗想道。

说真的,八千八百八十八不是小数目,与其搜肠刮肚想半天,还不如直接把这段回忆卖掉来得划算。不然回去的时候,又会被哥哥啰唆半天。

于是遥斗深吸一口气点了点头。

"那就成交,八千八百八十八元。"

✿ ✿ ✿

晚饭是干烧八角鱼、羊栖菜和萝卜干。没一样是遥斗喜欢的。他决定下次把这段"回忆"告诉魔法师。反正她说只要包含喜欢或者讨厌的感情就可以。想起晚饭都是些讨厌吃的东西,自己的心情也好不到哪里去。这样的回忆,多多少少都能换些钱吧。

他坐在餐桌旁望向厨房,镶着毛玻璃的窗户下面放着一盆长势茂盛的荷兰芹。冰箱门上挂着一块磁吸小白板,上面贴着一张采购清单:鱼、牛奶、鸡蛋、青椒。明天早上吃炒青椒吗?

唉,讨厌的八角鱼已经让他战斗力尽失,看来明天的早饭也要让他失望了。遥斗站了起来。

"哎?遥斗你不吃了吗?"

见儿子没吃几口就离桌去看电视,妈妈三津子细声细气地问道。在遥斗看来,妈妈无论哪方面都很"细"。写字细细长长,脸型像锥子一样,说话的声音也是。

就算不想吃了,应该说一句"多谢款待"再走啊。但还没等妈妈开口,遥斗就抢先说了一句:

"多谢款待。"

"说你几次了,还这么挑食。"

三津子叹了口气。她这声叹息倒没让人感到有多无奈,反而像台冷气机似的,呼哧一声把室内的温度降低许多。

"还是长身体的时候,这个不吃那个不吃怎么办哟。"

遥斗装作没听见。妈妈啰唆起来就像只啄木鸟似的,叨叨叨,叨叨叨,尖锐的鸟喙在脑门上不停地啄,烦也烦死了。

"不能挑食",每天都会被妈妈说好几次。爸爸芋川满在家的时候还会替遥斗说说好话,"还是一年级的孩子嘛。"但不可能每次被念叨的时候爸爸都在。

遥斗当然知道挑食不好,不想被妈妈说的话就把饭菜吃光光。但今天情况比较特殊,他不想和妈妈多说话,万一聊起小时候的事就麻烦了。

想い出あずかります

哎，那件事你怎么会不记得？

如果妈妈这么问，自己可就哑口无言了。毕竟人生最初的回忆已经当给魔法师，当然记不起来。知道有过这样一件事，但细节却怎么也想不起来。已经是别人的东西了，没办法。

"看电视别离那么近！对眼睛不好！"

唉，又开始叨叨叨，叨叨叨了。

"知道了！"

遥斗按下了手里遥控器的关机键。

"你干吗关了！"

"我喜欢。"

连大和都被遥斗的态度激怒了。遥斗嘿嘿一笑就把遥控器扔在沙发上，跑上了二楼。

电视不看也没关系，还是快点开始玩新买的游戏吧。

二

　　室外气温骤降十度，但室内还是暖洋洋的。壁炉内明亮的火焰熊熊燃烧着，时不时发出"啪嗒"的爆裂声，火花四溅。魔法师身上只有一条纯黑的连衣裙，没有穿毛衣或者披肩。

　　今天遥斗又带着他的回忆来到当铺。

　　"是什么样的回忆？"

　　听到魔法师问自己，遥斗就像竹筒倒豆子似的开始讲述。自初次光临已经过了两年，现如今遥斗已经是这家当铺的常客。

　　"前天妈妈让我去超市帮她买东西。每次我去超市她都会啰唆，让我一定要走大路啦，不能横穿公园啦，因为天黑了会有坏人。但哪儿来什么坏人，横穿公园能少走不少路。我就没听她的，反正不说妈妈也不知道。"

想い出あずかります

"哦,是吗。"

魔法师一边附和着一边打着毛线。她手中的红色毛织品已初步成型,就不知道是要织一条围巾呢还是铺在床上的绒毯。明明可以使用魔法变一条,干吗还要费时费力去用手打呢?遥斗不解,继续讲述回忆。

"回家的时候我碰到了隔壁的老奶奶,她夸奖我,'真乖啊,去帮妈妈做事吗?'平时我都是简单地回答一下就走了。谁知道今天老奶奶遇到了妈妈,还和她说:'你家孩子真能干啊,能帮家里的忙。前天我在公园里瞧见他了。'之后发生了什么事儿您应该也猜到了吧。唉,真是没办法。"

遥斗气呼呼地鼓着小脸,魔法师看了他一眼,一边打毛线一边问他:

"你还在生气?"

"每次都是这样,给你办事了还要受你的气。哥哥太狡猾了,在学校里参加足球部的活动,从来不帮家里做事,妈妈也不会去说他。"

专心织毛线活儿的魔法师突然抬起头。她银色的卷发散发着柔丽的光泽。

"只要说回忆的部分,抱怨就免了。哥哥和你这次的回忆没有关系吧。"

"唔……"

要不就别说了,还是回去吧。每次被人责备,他都想堵住耳朵不听。

"后来妈妈还说,和你说你不听,那就不准吃雪糕。本来每次买东西回来妈妈都会奖励我一支雪糕。现在说不准吃,那是这次不准吃,还是以后都不准吃了?她说要检讨自己的错误以后才可以。但检讨又没个期限。我是不是永远都不能吃雪糕了啊?"

"你想把这段回忆当掉吗?"

"唔,这样做比较好吧。因为这样有关妈妈的不好回忆就能少一个,我这样做也是为了妈妈好。嘿嘿嘿。"

"好不好又不是我来决定的。"

遥斗发觉自己是想得到魔法师的认同才故意这么问的。或许他心里明白这样做并不太好吧。

"我出七百元。"

"啊,才这么点啊。以前都能当一千元以上,最近怎么越来越便宜了?"

见遥斗不满,魔法师放下了手里的毛线活儿,拿过那个记录回忆的文件夹。

"因为你老是来当这种回忆啊,我都有点听腻了。"

"这样啊。"

遥斗有些不高兴地嘟囔着。那下次来的时候想一个和学校

想い出あずかります

有关的回忆吧。

"哟,下一个客人好像来了。我要接受采访咯。"

魔法师望着窗外说道。遥斗走到窗边拉开窗帘。那三只窗台上的蜗牛就算遥斗靠近也当没看见他似的,依旧干着自己的本职工作。

哎,那不是新闻部的部长吗?遥斗定睛一看。

他早就听说过对方的大名,永泽里华。永泽同学进入鲸崎中学的新闻部后,于今年秋季荣升部长的职务。为什么连小学三年级的遥斗都听过她的大名,是因为她给镇里所有的孩子都传达了一个信息。有些人是通过手机知道的,也有些人是直接从她那里听来的。内容如下:

史上初次!深入回忆当铺采访魔法师!
此次采访,由鲸崎中学新闻部负责记录。
大家可以把想要问魔法师的问题告诉我。
我会当面询问魔法师。
鲸崎中学二年级 永泽里华

收到这条信息后,遥斗想了好久才准备好一个问题。他把这个问题让哥哥代为转达。

"魔法师,您几岁了?"

妈妈以前说过，直接问女人年龄是不礼貌的。所以一直以来他都没问过女生的年龄。自己不问，让别人来问总可以了吧。魔法师究竟几岁了呀？两百岁，还是十万岁？几岁的时候才会死？遥斗真想知道这些问题的答案，只是不能亲口问她，真的很遗憾。他上下打量着大步走来的永泽里华。

休息天却还穿着制服。深蓝色的外套里是深蓝色的毛衣，下面则是深蓝色的短裙。只有圆领衬衫是白色的。这种款式的校服很常见，但在这一带只有鲸崎中学会如此偏爱蓝色，倒也不用担心和别的学校搞混。

"您好。"

此时她已经站在玄关外，大门只开了一道五公分左右的口子。这半开不开的状态让她有些犹豫，要不要直接走进屋内呢？

"请进。"

魔法师都应门了，但她还没进来。等不及的遥斗干脆跑到门口，一挥手把门开到最大。

"欢迎。"

"哎？"

里华诧异地看着遥斗，原本就很大的两只眼睛仿佛又变大了一圈。等遥斗发觉里华看自己的眼神有点怪便退回到屋内。

但里华并没有多看遥斗，而是把注意力都集中在了魔法师的身上。

想い出あずかります

"感谢您接受我的采访，我是一个人来的。没想到还有别人。"

"啊，你说这孩子啊。他刚好来当东西。啊，不提就忘了。"

魔法师从粉红色的钱夹里取出一枚五百元和两枚一百元的硬币递给遥斗。纤细白嫩的手指就像图画教室里的雕塑。

这时遥斗又想到一个问题。粉色的钱夹上有弯弯扭扭的花纹，班里的同学都说这肯定是蛇皮做的。真的吗？如果真是蛇皮，这世界上有粉色的蛇吗？难道是魔法师变出来的粉蛇？

能让我留下就好了，遥斗磨磨蹭蹭地走到了门口。干脆重重地走几步，让她们以为我走了，我就躲在门帘后面偷听。或者和松鼠一起帮着打扫房间。这样就能让我留下来听她们谈话了吧。

里华却打破了遥斗的美梦。

"采访是一对一的，所以无关人等请回吧。"

看来是非走不可了。刚才还满心期待地为来访的里华开门，没想到这么快就替自己的离开关门……

唉，还是算了。

遥斗跑着离开了小屋。现在去海滨公园，那里一定有小伙伴。我可是在采访开始之前还待在当铺里的人呀。这件事又能和人吹上好半天。遥斗跑上长长的石阶，突然又站住了。

啊呀，如果这篇报道让妈妈和别的大人们看到了怎么办？

妈妈也说遥斗记性不好,如果被他们得知回忆当铺的存在,肯定会怪到魔法师头上吧。学校和老师也不会坐视不理。

不会,哥哥不会把校办报纸拿回家看,那妈妈应该不会看到这篇报道。

他一边在心里自问自答,一边踏上石阶。强烈的海风吹来,微热的气流仿佛把他的身躯托起,让他跑得轻松飞快。

☆ ☆ ☆

里华透过窗户注视着遥斗逐渐远去的身影,心想,其实让那孩子留下比较好。但当她想到时遥斗已经走远,要想叫他回来也来不及了。

里华从未来过这里,也没有当过自己的回忆。她曾和好友麻美两人在远处观察过小屋。当时两人上上下下、左左右右地把小屋看了个遍,结果越看越觉得古怪。一个人来会感到不安甚至害怕吧。在窗台上爬来爬去的那几只蜗牛,或许会突然变大把我吞掉;现在正在给自己杯子里倒茶的松鼠,说不定是在往里面放毒药呢。

屋子里最古怪的肯定是魔法师本人啦。她哪里像魔法师呀。里华想起挂在学校音乐教室里的那些欧洲著名音乐家的肖像画,贝多芬、莫扎特、海顿、亨德尔。画像中的"他们",板

想い出あずかります

着一张毫无立体感的死灰脸,和栩栩如生这个词毫不沾边。或许到了深夜,音乐巨匠们就会从画框里走下来啦,互相叙旧聊天,甚至在室内走来走去,谈谈自己创作的曲子什么的。里华的脑洞时常莫名大开。

此时她的脑洞又开了。虽然教室里没有类似眼前这位女魔法师的肖像画,但如果把她放进相框摆在亨德尔和贝多芬之间的话,看上去毫无违和感。到了深夜,也会刷地一下蹿出来变成大活人吧。

松鼠倒完红茶,踏着圆滚滚的小碎步退了下去。魔法师把打了一半的毛线活儿放在架子上,走到摇椅边坐下。

里华觉得屁股下这张沙发仿佛有吸力似的,整个身子都陷了进去。这样一来,她的视线就比魔法师要低许多。魔法师正俯视着眼前这个少女。

不能让你"看低了"。

于是里华挺起身子,端正身姿。既来之,则安之。这是她在课本里学到的古文。鲸崎町的各位就等着吧,下一期有我对魔法师的专访。

"您好,先自我介绍一下。我叫永泽里华,是鲸崎中学新闻部的部长。"

里华把名片放在桌上,这是为采访特意赶制的,她不想让魔法师觉得自己没有诚意。但她的精心准备对方是否能领会到呢？目前还不知道。

"你好。"

她只是淡淡地回问了一声好。

还是快点进入正题吧。一开始该问点什么好呢？

"您为什么会答应接受采访呢？"

"你问为什么？"

"大家对您很感兴趣啊。这间当铺是孩子们的秘密，对大人要绝对保密。大家肯定有很多问题想问您，只是一直忍着没说。这次您答应什么都可以问，还能写成报道发表，真是太好了。大人应该也会看到。"

魔法师微微一笑，并没有说什么。于是里华接下去说：

"那您为什么同意接受采访呢？"

"我一直就没有拒绝过啊。"

"啊？"

"只是之前都没有人提出过采访的要求。"

为了掩饰失望的表情，里华开始翻阅笔记本。对方的回答出乎意料，和她的期待大相径庭。

"被你的热情感动了，我觉得你写的报道肯定会大获成功"之类鼓舞人心的话才是她想象中的答案。

"那我就开始提问了。"

里华开始念笔记本上开头的几个问题。

想い出あずかります

"咳咳,魔法师女士,您是从什么时候开始在这里开设回忆当铺的?"

"什么时候呀,让我想想……"

"大人们都不知道当铺的存在,那应该是近几年,最长不超过二十年吧?"

"不对哟。你看,到了二十岁,如果没来赎回忆的话,那有关这里的记忆本身,也会随之消失哦。"

啊,原来是这样。看来从朋友那里打听来的情报还不太准确。因为自己从来没有想要当掉回忆,所以细则方面就记得不太清楚。

"再请问世界上有多少像您这样的魔法师呢?"

"这个嘛……"

魔法师歪着脑袋,耳边垂下来的卷发轻轻摇曳。里华想起了小时候看的少女漫画,里面的女主角就是这种发型。但她觉得和银发相比,还是金发比较好看。

"你说伙伴的人数啊,我倒没有数过。"

"啊……"

面对里华不满的叹声,魔法师仅仅是轻声一笑。

"你要我怎么回答呢。比如地球上具体有多少人,应该数不清吧。"

还真是,里华记得应该有六十亿以上,但准确到个位数的确数不清。

"那么，离您最近的魔法师，他住在哪里又做些什么呢？"

"嗯……这附近只有我一个魔法师。不过我听说南方海边有一个魔法师，好像在工厂里工作。"

"那您不觉得寂寞吗？有空的时候会去看他吗？"

"看谁？"

"想见的人，不对，不是人类，是想见的魔法师同伴。"

魔法师苦笑，不对，在里华看来她是在苦笑，但或许她只是感到莫名其妙地歪了下脑袋。

"我还从来没想要去见谁。"

"那是因为您和他们的关系不好吗？"

"不，也没什么好不好的。"

"就算是我，生病了一周都躺在家里，这时候也会很想见班里的同学。见到了以后，就会觉得非常高兴。"

说这番话的时候，同学们的形象在里华的脑海中一一浮现。但不知为什么轮到坐在斜后方的相泽雪成时，回忆的幻灯片就在他的画面卡住了。因为左膝负伤而暂别足球部的相泽惜笑如金。里华很想看他笑起来的样子，甚至有种想在他脸上摁出两个酒窝的冲动。

里华没意识到自己的嘴角已经微微上翘。

"怎么了？"

魔法师问道。虽然雪成的事里华只对麻美说过,但眼前的魔法师既不是学校的同学,甚至是否是人类也说不准,所以没必要对她保密。

"我只是想起了在家养病的时候特别想见的人。"

"是你喜欢的人吗?"

不想否认,但被问起还是有些慌乱。

"是的,只是有时候会非常讨厌他。"

"明明喜欢为什么会讨厌?"

里华把笔记本和笔放在桌上。她怕自己说的时候太专注,手里的东西会掉在地上。

"有一次上国语课,读过课文后,老师让大家发表对友情的看法。那时候老师点名让我说。我就说无论过了五年还是十年,我都会珍惜同班同学的友情。我不敢说这是发自真心的,但这应该是老师想要的答案。本来上课回答问题也没必要那么较真,换成其他人也会这么说。但他就不一样了。"

"他是怎么回答的?"

"听完我的回答,他哼地冷笑了一声。老师就问他是怎么想的。因为被笑了我就觉得有些生气,狠狠地盯着他看。但他丝毫不在意我的眼光,也没顾及当时班里的气氛,就大刺刺地说:'友情这种东西,不是想要保持就一定能保持下去的。过了五年十年,到了别的学校肯定也会交到新的朋友。当然也有人会继续之前的友情。我不知道交朋友是不是刚认识就应该决心和对方当一辈子的朋友,但是这种为了友情而友情的行为让我觉得很差劲。'"

"嗯。"魔法师附和道。里华继续说:

"我不是不理解他说的话,只是觉得他的思考方式太过极端。但后来觉得他不按常理出牌,将自己的想法畅所欲言的做法太帅了。心里越想越喜欢,无论休病假的时候还是周末,总之见不到他的时候就会胡思乱想。"

这时里华才发觉今天的采访已经朝一个无关的方向飞速发展,所以连忙刹车问魔法师:

"我想知道魔法师女士,您也有这样一个人吗?"

魔法师淡淡地答道:

"我们魔法师不会有那种想见一个人想得要命的感觉的。因为只有人类才会这样啊。"

"是这样啊。"

"正是如此。我们魔法师拥有无尽的生命,即使现在见不到,将来总有机会能见到。你们人类之所以会如此想见一个人,是因为知道将来从某一天开始再也见不到那个人了。"

"是呀……"

什么时候是我和相泽雪成最后一次见面?里华不想去思考这个问题。为了这一天晚点到来,她要和相泽上同一所高中。

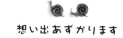

仿佛看透了里华的心思，魔法师又补充道：

"人，终有一死。在这一点上你们和我们不同。哪怕我在这里住上一万年，哪天兴起把店关了四方云游也能碰见认识的人。因为总有再见面的机会，所以遇到了也不会像你们那么高兴。所以重逢对我们来说没有特殊的意义。"

"没有意义……"

里华不明白她的感受。毕竟她不会每天都去想家人、老师还有朋友总有一天会死，再也见不到这种事。

"魔法师绝对，并且永远都不会死吗？"

她不认为这世上有绝对的事。

"是啊。"

"那您今年几岁了？是什么时候生的？"

"不知道。或许魔法师这个种族诞生只是一瞬间的事，但谁也不记得诞生时的具体情况，只知道是很久很久以前。"

"如果你们真的长生不老，那还真让人羡慕呢。"

"或许是吧。"

魔法师用食指轻触了一下太阳穴。

"那么，世界各处都有魔法师的存在咯？"

"世界，你所指的世界是这个地球？当然不只这里，我们还有在宇宙中别的星球上旅行的同伴呢。对我们来说，只要找个地方找件事做就行。嗯，就算什么也不做也没关系。反正我们这个种族,不用吃饭不用喝水,不用躺下睡觉也能够永远地生存下去。"

"连吃饭喝水都不用!这么厉害?"

"真的。"

里华尽量不显露出挑衅的语气,但话语中还是锋芒毕露。

"那您为什么要开这家店?难道不是为了赚钱吗?如果您说的是真的,根本就不需要开店啊。"

将了对方一军,那种成就带来的兴奋溢于言表。就算没有在言行上表现出来,空气中也充满她傲人的盛气。但魔法师没有显露出心虚的样子,她像抛出一根针似的答道:

"是因为无聊啊。"

"无聊?"

"如果不开店的话,每天就只能毫无目的地四处晃,但我已经厌倦了那种生活,就想能不能做点什么,做点能够和人类世界产生联系的事。但首先要学习金钱的价值,比如怎么攒钱,又怎么花钱。"

"花钱还要学?"

"因为对我来说一元和一亿元没什么区别,但万一不小心搞错了把一亿元给小朋友,那小朋友肯定会吓晕过去吧……"

"您担心得没错……"

"学习钱怎么花这种事还真是很开心呢。"

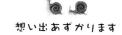

"是谁都会开心的……"

"真的,仔细研究下来,我发现人类是很有趣的生物。我经常看抵押在我这里的回忆。他们拥有很多魔法师所没有的感情,比如刚才提到的'想见一个人',还有'寂寞'这类感情。我在看的时候经常忍不住赞叹呢。"

"哈……"

"对了,你有没有养猫?"

"有,它叫小喵。"

"你肯定觉得小喵很有趣吧?嗓子里发出咕咕咕的响声,晚上则睁着一双会发光的大眼睛上蹿下跳。人类和猫虽然有趣的点不一样,但我在观察时的心情却是差不多的。"

魔法师的意思是,在她看来人类和猫是一个级别的。她这样说是不是故意惹我生气?里华这样想时又重新把身体埋进沙发里,开始翻看笔记本。

虽然搜集了很多要问的问题,但大体上都是"几岁""家里人住在哪里"之类的私人问题。如果按照她刚才的回答方式,就算问得再多,恐怕也听不到什么有用的情报吧。

里华又重新把魔法师从头到脚仔仔细细地打量了一番,开始提自己感兴趣的问题。

"请问魔法师女士,可以告诉我您的名字吗?"

"名字这种东西有没有也无所谓啊。你就叫我魔法师好了。"

"我很奇怪，魔法师女士您一点儿也不像我们想象中的样子。说起魔法师，一般都以为长着老鹰一样的鼻子，说话声音嘶哑，弯腰驼背，披着黑斗篷，拿着拐杖。"

"我就知道你会这么说，也能想象出你心中的魔法师是什么样子。"

魔法师笑了。接下来该问些什么好呢？见里华陷入了沉默，魔法师率先开口道：

"一开始我的确是那个样子。因为我们会魔法啊，可以随心所欲地改变自己的外貌。最初大家就统一成一种风格，就像你说的那样子，鼻子呢，就像老鹰一样又高又弯，说话的声音也是感冒了很久还没好似的，无论走路还是坐着都弓着背。"

"那您现在可以变给我看看吗？"

里华忙问，但又改口说：

"还是算了，现在说想看的话似乎也没有太大意义。"

如果魔法师突然从身上冒出一阵烟来，变成个嗓音嘶哑、弯腰驼背的老婆婆也怪吓人的。

"你想看的话当然可以，但我却不太想变。人们想象中的那个样子我是不太喜欢，每天披着一件黑斗篷也怪麻烦的。"

"那我就不明白了。那种模样应该不是人们想象出来的，以前的魔法师就是这个样子，以前的人看见过，才会代代相传下来的吧。"

"嗯，你这么说的确没错。"

魔法师站起来，从书架上抽出一本地图册。里华心想那不会是魔界的秘密地图吧？但其实只是一本普通的世界地图。

"你看这里。"

魔法师打开第十四页的北欧三国地图，指着右边的一个国家说。

"大约是一千年前，我们的一个伙伴也曾和人类接触过。"

"是吗。"

"魔法师这个种族，根据魔法等级不同也有很大的区别，居住在这里的那个魔法师算是差劲的了。不过已经过了一千年，他应该也有所长进吧。总之，这些魔法师出现在人前的姿态就像你描述的那样，眼窝深陷，皮肤坑坑洼洼，声音嘶哑，而且全身上下都穿得黑乎乎的，还戴着黑色的帽子。唉，他们想变成什么样我也管不着，只是这样打扮，似乎就是在告诉别人我们是魔法师。接受了这种设定的人就把他们的形象记载在童话和传说中流传下来。"

"哦，您的意思是说，我们对于魔法师的印象，其实是来自于您的那位伙伴是吗？"

"是的。"

"那么假设当时看见他的人，见到的是一个高个子、精瘦而且戴礼帽的男性,那我们今天对于魔法师的印象应该有所不同对吗?"

"是的。"

"唔。"

意外的收获。此次采访的目的不是来打听什么花边新闻,偏重于纪实,但在谈话中却牵引出了一般认知与真实的魔法师之间的差别问题,这出乎了里华的意料。她加快记录的速度。

很好,就这么继续下去很快就能接近核心。里华的目的已不仅仅是"介绍魔法师"那么简单。

"那为什么把孩子作为交易对象呢?您是不是为了不让大人发现这座当铺而施加了魔法?如果您想获得回忆的话,大人的回忆应该更加合您口味吧。"

"你说得没错,但是大人已经能够自己赚钱了吧?很想要钱,但又不知道该怎么赚钱的也只有小孩子了。"

说得很有道理啊。下意识点着头的里华突然想到,"现在不是佩服的时候。"她攥紧左手的拳头,在自己的大腿上轻轻捶了一下,借此来调整心态,然后又问道:

"但这样想的话,夺走别人的回忆这种事,是不是有些过分?"

"过分……?"

"对啊,如果真想帮孩子解决缺钱的烦恼,直接给他们不

想い出あずかります

就是了？"

"呵呵，你真是这么想的？"

"唔……"

"关于这一点，我有我的看法。如果白给孩子们钱会教坏他们的。一般人的家里不也是这样吗，帮忙做家务了，就会得到表扬，然后拿到零花钱；或者是卖掉旧书旧报纸来换钱。所以我就想必须从孩子身上收取些东西才行。"

"但我还是觉得拿走回忆不太好。我认识刚才那个孩子的妈妈，我听说……"

里华撒了一个谎。她根本不认识遥斗，如果这时候魔法师问那孩子的名字，里华肯定说不出来。只是魔法师似乎并没有拆穿的意思，让她继续说下去。

里华明白对于一名新闻记者而言，说谎是不对的。不是说谎不对，而是用谎言来套话。但现在的采访对象并非人类，耍点小花招似乎也没什么。里华给自己找了个借口，继续说道：

"最近伯母非常担心，她觉得那孩子最近的记性好像有点差。我听说她经常和其他妈妈还有老师在谈论，自己的孩子是不是在公园跌倒过，或者被人打了脑袋。"

"如果真按你说的那样，最有感觉的应该是遥斗君本人吧。那他为什么还要来我这里？"

哦，原来那孩子叫遥斗。里华暗忖，继而开始圆谎。

"大概因为他的年纪比较小,没有意识到问题的严重性。"

"我明白了,你应该很讨厌我开这家回忆当铺吧?"

里华面对魔法师那双深不见底的蓝色双眸低下了头。

"讨厌倒不至于……"

她偷偷地掐了一下自己的大腿。如果这时露了怯,此行就前功尽弃了。

"并不是讨厌,只是我不赞同有些人的看法。他们觉得这家店是镇里孩子们的救命菩萨,甚至把您当成英雄一样崇拜。"

既不认同也不反对,魔法师只是轻轻地点了点头。里华发觉对方是让自己往下说,便一口气说出了自己的想法。

"我觉得回忆不是一种可以用来交易的东西,它只能属于自己。但小孩子并没有发觉它的重要性,他们觉得只要能换钱,卖回忆也不是什么大不了的事情。"

"我并没有买他们的回忆啊。"

"您虽然没有买,但很多孩子肯定会认为自己是把回忆卖掉了。"

"我还是再说明一下吧。只要在二十岁之前把钱还回来,回忆就不会消失,会原原本本地还给他们。而且我这里和真正的当铺还不一样,不需要付利息,当初给你多少钱你还的时候就付多少钱。回忆肯定不会少。"

"但是……"

想い出あずかります

"有些人就算不来当回忆,时间久了也会忘记吧,但无论多不起眼的回忆我都会详细地记录下来替他们保存。这样做的话,等他们来取的时候或许会想:'啊,原来是这样,竟然还发生过这样的事情。'反而会觉得十分感动呢。"

"这……"

"但一百个人里大概只有一两个会回来取当初当掉的回忆。"

"不会吧?"

"就算没有了也不会对生活造成影响,被人问起也只要用一句'已经忘了'就可以敷衍过去。所以他们也没有一定要来取的理由。所以我觉得,对于人类而言,回忆并没有那么珍贵。"

"那过了二十岁的那些人的回忆您怎么处理?都扔掉了吗?"

"扔倒不会扔,都放在文件夹里保存起来咯。想看了就找出来看上几眼,但如果我不去看的话,那些回忆大概永远也不会有人去看了。"

"那您应该有很多本文件夹。把这些回忆都出版成册的话,应该能填满一整个书架。这么多文件,那些旧的肯定会一点点扔掉吧?"

面对里华的咄咄逼问,魔法师只是淡淡地摇了几下头。

"是沉到海里去了哟。"

"啊？"

"那些漫出书架的回忆会变成海星，在这条海岸的水下长眠。"

"如果这一带有那么多的海星，生态系统不会出问题吗？"

"唔，我做的海星有些特别。它们也不用进食，只是静静地在海底沉睡，而且会随着时间的推移越变越小，最后变成星形的沙粒。"

"是……这样吗？"

里华无言，她意识到自己已经在这场"论战"中失败了。自己已经拿不出什么能够让对方为难的问题。

"就算是这样……我总觉得把回忆换钱这种事不对。"

虽然无法提出具体的论据，但观点还是要申明的。她看了一眼窗台，刚才还在打扫的松鼠已经枕着自己的大尾巴睡着了。窗外是拍打着礁石的波涛。

总觉得有不对的地方，但又说不上来。你可是新闻部，新闻部的人呀。

波涛仿佛念着对白滚滚而来，呼啦哗啦地拍打着她的心房。

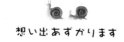

想い出あずかります

✦ ✦ ✦

"哟，这很有意思。我还不知道你有这方面的才能。"

新闻部顾问赤冢老师漫不经心地说。放学后的国语科准备室在余晖的照射下，黑色的电脑显示屏和淡黄色的窗帘、茶色的书架仿佛都包裹上一层橘黄色的糯米纸。

里华站在老师的身边等待着。虽然已入秋，赤冢老师依旧只穿一件衬衣坐在书桌前办公。师生间有机会也会互相吐个槽什么的，例如对于老师清凉的打扮，里华就曾说过："外面红叶都快红了，老师您这么穿不冷吗。好像就您还是夏天的打扮。"但刚才老师的那句话却在里华的脑子里翻来覆去。

很有意思，有才能。貌似是夸奖的话，但老师毫无起伏，好似在田间悠然漫步的语气究竟是什么意思？

老师把放在桌上的原稿哗哗哗地来回翻看。原本三张A4纸的内容换成四百字的稿纸打印出来有九张。里华在家把采访的内容一个字一个字地录入电脑，然后带到学校利用午休时间在部活动室打印好。麻美和同年级的部员看过后，都说写得比想象中要好很多。这给了里华不少信心。

她默默地注视着老师，实在有些等不下去了，便开口道：

"我拍了照片，却没保存下来。"

老师抬起脸，为了遮盖稀薄的头顶，他的前发都往后梳拢。此时稀疏的头发和老师的面孔与眼珠都染成了橘黄色。

"嗯？没拍到吗？"

"对，我用数码相机拍了十多张照片，有房子外观和招牌的照片。其中有两张是让魔法师站在招牌前拍的。可等到拿出来看的时候却发现所有照片都不见了。唉，没办法。我想是魔法师觉得在大人面前暴露身份会很麻烦，所以施魔法把照片删除了。"

"唔，这一手倒做得很漂亮。"

"是啊，如果不这样的话，她恐怕也没办法在人类世界生活这么长时间。如果有关她的事传开了，肯定会引起不小的轰动。这样一个打扮另类，长得像外国贵妇的魔法师肯定会引起关注，说不定还有人会去找她拍广告。"

"啊，不是不是，你没明白我的意思。"

老师伸出双手，做了个向下压的动作示意里华先停一停，让自己把话说完。

"我说的漂亮，不是说魔法师把照片删除做得漂亮，是你的世界观构建得漂亮。"

"我的世界观？"

"一个中学生能把故事编到这种程度的确很难得。"

"啊？"

"但首先，也就是说，你把老师说过最重要的部分给忘记了？"

想い出あずかります

"什么？"

"新闻报道最重要的是它的真实性。"

"呃。"

里华顿时语塞。仿佛要把堵在嗓子眼儿里的食物砸下去似的，她捶了一下胸口说：

"搞了半天，老师您一直当我在骗人啊？"

"我没说你骗人啊，这个故事写得不错。"

"不是故事，这是真人真事。"

"你脑洞是不是关不住了……"

"哎……？"

"我是说你想象力太丰富了一些，是不是把小说漫画电视电影里的内容和现实生活混在一起了？也不对，不应该说是混在一起，是相对于现实生活，你更倾向于选择钻入空想的世界。我希望你能意识到这个问题。你看，来年你就三年级要准备升学考试了，到时候考国语就不能单凭想象，必须用现实来解答问题才行。"

里华想到了能让老师相信的突破口。

"请听一下其他部员的意见。麻美和美乃里她们。"

"哎？"

"上午我在活动室打印原稿的时候她们也在。我给她们看过稿子。"

"哦……她们怎么说?"

"她们说写得真好,很有趣,原来还有这么多她们不知道的事。当然,她们也见过魔法师。我第一次去那家当铺,也是为了陪麻美去当回忆。"

"唔……"

"虽然只有二年级的学生看过稿子,但一年级的新生和三年级的前辈也都知道我要去采访这件事。所以请您去问问别人。这件事听说的人很多,班里其他的同学应该也有所耳闻。"

赤冢老师仍旧伸着双手坐在椅子上,他大概觉得仅凭说教还不够,便倏地站了起来,在里华的肩膀上结结实实地拍了两下。这或许是他能想到的老教师哄问题学生的一种方式。这个度要拿捏准确,拍两下就足够了。如果把手放在里华的肩膀上,恐怕会引起她的反感。

"听别人怎么说。唔,你的想法没错,这的确是新闻记者该用的做法。兼听则明,偏信则暗嘛。老师我好歹也是新闻部的顾问,肯定会听取大家的意见。虽然我个人认为你写的并非事实,但或许真有一家能让你产生如此联想的当铺存在。可能你也是从别人那里听来的。会到处宣扬这种奇谈怪论的人想必是个有趣的大叔吧。无论是哪种,老师都想确认一下。"

看来老师已经认定里华是在"虚构",她没有反驳,默默地听老师继续说。

想い出あずかります

"其实我已经按照永泽同学所想的那样,刚才找来二年级的三个部员问过了。就是美乃里、佐奈江还有麻美。"

"您既然问过了就早说啊。我希望您能听过她们的说法再下判断。"

一开始三人也都希望参加这次采访,但里华却以人太多会让魔法师有所戒备拒绝了,其实一部分私心是她想独占头条。

"我认真听了。"

"那她们是怎么说的?"

"她们三个都说,从来没听说过这件事。"

"这,这怎么可能!难道?!"

赤冢老师那颗似乎是用橡胶制成的脑袋无力地左右转动了几下。

莫名其妙,如果在动画里,恐怕自己的脑袋上已经堆满了问号。里华追问道:

"去采访的确只有我一个,但她们在去之前帮我整理过要提的问题。刚才我也说过了,原稿打印出来之后……"

"这会不会只是你的想象?你把她们当成了你故事中登场的角色。"

"请不要再说这是我编的故事了好吗?她们也不是故事中的登场人物。"

"但她们都说根本没听说过采访魔法师这件事。"

"这,这是怎么回事……"

"永泽同学,是不是让你担任部长的压力太大了?不如先让别人代理一下吧。这不是什么丢人的事。我弟弟也说过,有些出色的新闻工作者为了能待在第一线会拒绝上级的晋升任命,一辈子只当个前线记者。"

老师的弟弟在东京一家报社当记者。不过他弟弟似乎和现在的情况并没有太大联系。

"我不干了。"

等发觉时话已脱口而出。

"不干了?是说部长的职务吗?"

见老师的表情像是松了一口气,里华抬起下巴说道:

"不,我要退出新闻部。"

"哎?这也……下周和别校还有交流会吧,部长可要担负起为交流会做准备的责任啊。"

"有妄想症的部长还是不要参加什么交流会比较好。"

里华一把抓过老师放在桌上的打印稿。

"啊,里华,别发脾气嘛。想象力丰富也不是什么坏事。老师只是有些担心……"

没等赤冢老师说完,里华就哐的一声关上了准备室的门走了出去。要去活动室问问她们为什么要这么说。麻美、美乃里、佐奈江那几个家伙是不是觉得我想独占头条所以故意报复我。

想い出あずかります

她越走越快，血气冲上了脑门，两条腿差点激动得不听使唤。但如果另有原因……想到这里她停了下来，正好听见背后有人在叫自己。

"永泽。"

谁？里华转过身，是坐在自己斜后方的相泽雪成。少言寡语的雪成居然会主动叫住自己，这可是值得在日记中书上一笔的大事。但这还不至于将她此时的愤懑一扫而光。

"干吗？我有急事。"

说完她又要走。

"你要去哪儿？"

"活动室。"

"麻美她们不在活动室。"

"啊？"

里华站住了。她缓缓地转过来，心想这家伙难道也是她们一伙的？

"她们拜托我来告诉你。"

"告诉我什么？"

"告诉你为什么要在老师面前说不知道。她们希望能让我来解释给你听。"

如果在里华脑袋上放壶水，那水眼看就要滚了。她恨不得冲过去把眼前的家伙撞飞。

"为什么要管新闻部的事,这和相泽同学无关吧!你是足球部的人,请不要多管闲事。难道说你是麻美的男朋友?所以才来替女朋友出头是吗?"

"不……不是这样的。"

"不是这样是哪样?"

"我们到屋顶去说吧,被人看见了不好。"

"啊?"

里华才发觉走廊上有两个貌似一年级的女孩正在朝这边看。而且国语准备室的大门也半开着,赤冢老师正躲在里面偷偷观察外面的动静,正发愁要不要出来。

里华深吸一口气,走上了楼梯。

只有高年级的学生才能自由出入屋顶,这是大家默认的规矩。屋顶的角落有一个小仓库,仓库背面是个绝佳的约会场所。众人心知肚明,但凡闲杂人等上屋顶后都会刻意回避那个地方,说话也不敢太大声,生怕打扰到约会的情侣们。

里华和相泽雪成当然知道屋顶的特殊含义,他们走到楼顶西面的铁丝网下,这里远眺的风景不错。最近几天风和日丽,不冷也不热,时而有风吹过,裙角随之起舞,心情愉快。雪成同学说得没错,和走廊相比还是这里的气氛比较好。她看着雪成的刘海,突然有种两人仿佛是在这里约会的错觉。对于部员背叛的愤慨已趋于平静……里华冷不防地轻声问道:

想い出あずかります

"你想说什么？"

"我没有女朋友。"

"啊？"

"我先回答你刚才的问题。"

"哦。"

"你刚才不是问我是不是麻美的男朋友吗？"

"哦，是的……"

是吗，原来相泽同学没有女朋友啊。

"是她们拜托我的，因为她们觉得直接和你说，你肯定听不进去。女孩子生起气来都比较感性。她们还打算写下来给你看，但又怕写得太长，你肯定不会看到最后。"

"唔，肯定不会。"

"所以她们才拜托我……唔，她们说，因为永泽同学不讨厌我。"

里华皱了下眉头，她心头一惊，闭紧双唇。麻美这家伙，她的账上必须再记一笔。不是和她说过么，这个秘密对谁都不能说。

"其实，我一直以为永泽同学讨厌我。没想到她们会这么说。你看，上次上国语课的时候，我故意说那种话不是让你很难堪吗？"

"你想多了！"

强烈否定过后是怒气的升温，连口气都一下子变强硬了。

"啊，你没有生气啊。"

"唔……"

"我们还是说正事吧。"

"好的。"

"赤冢老师是不是说她们不知道你要采访的事？"

"对，她们说连听都没听说过。"

"她们是想保护魔法师。"

"啊？"

"午休的时候，她们看了你写的稿子，感觉内容太劲爆了，如果发表出来的话恐怕会引起轰动。大人们肯定会去海岸边找那家当铺。"

"但大人是看不见那家店的吧。"

"是这样吗？我是一次都没有去过。"

"不会吧！"

"很稀奇吗？"

"唔，其实我也差不多。加上这次采访，我也就去过三次。所以我觉得就算大人们去找，应该也不会对魔法师造成太大困扰。她本人应该知道这一点，所以才会很爽快地接受我的采访吧。"

"但就算大人看不见，他们也可以禁止我们进入啊。"

想い出あずかります

"禁止进入?你说哪里?"

"到海岸边,我听说到那里必须要走一条长长的石阶。"

"是的。"

"他们只要采取强制措施,就没有人能够走下去了。"

"如果这样,我觉得魔法师肯定会使用魔法,把当铺搬到别的地方。"

"你这样想没错,但如果魔法师觉得换个地方开店也可以,然后就搬到很远的地方去了怎么办?"

里华答不上来了。她没想到这种可能性。

"她们正是担心这点,原本打算让你放学后不要把稿子给老师看,没想到你动作比较快,已经来不及了。没办法,只能撒谎说不知道这件事,想让这篇采访稿无法发表。"

眼泪一下子没忍住,流了下来。里华觉得很吃惊。此时她明明知道麻美她们的判断是对的,却忽视了泪腺传达给她的信息,说出了让自己感到意外的违心话。

"你……相泽同学你和老师一样。"

"啊?"

"嘴上说是人家拜托你来的,其实我听得出来,你也不相信。你根本没去过那家收回忆的当铺,肯定以为这是我的妄想是吧!"

"我怎么会这么想?"

"那你看看这个,告诉我你的感想。"

里华把从老师那里抢来的原稿塞给雪成。

"这就是你写的……"

说着相泽已经开始读起来。他的视线从上往下,从右往左,在 A4 大小的稿纸上全神贯注地来回扫视。

里华不想从相泽的脸上看到失望和遗憾,便别过头透过铁丝网去看楼下的操场。她看到了麻美的身影,以前里华总是和麻美还有另外几个要好的朋友一起回家,但今天只有麻美一个人。她圆润的背影正没精打采地向校门口走去。

笨蛋!真是讨厌死了!

如果站在这里大喊一声的话,心情应该会好很多吧。里华两手抓着铁丝网狠狠地晃了两下。

校内广播开始播放肯尼·基的《回家》(Going Home),这表示距最晚离校时间还有三十分钟。

雪成并没有理会这一点,依旧一动不动地站在那里看稿,还剩最后三页。他的读后感仿佛是自己的末日审判,里华觉得心绪焦灼,面红耳赤。但夕阳已在她脸上涂抹上一层茜色,若有第三者在场,也分不出那红晕是来自于霞光还是她自身。

除了他俩,天台上没有别人。或许校工马上要来锁门,里华有些担心地朝那里看了一眼,这时雪成抬起了头。

"我相信你。"

他说。之后又重复了一遍。

"我相信永泽同学写的是真的。"

"谢谢。"

晚霞就像在魔法师的店里喝的那杯红茶,无限接近透明的橙色、黄色混合在一起。里华抬头仰望在天空中飞舞的鸟雀。低空有五只,高空有四十只左右来回打着旋子,仿佛在搅动这杯巨大的红茶。

"你果然是对的,相泽同学。"

"什么是对的?"

"友情啊。不能为了维持而去维持。有时候可能说不好就不好了。"

"那你和麻美还能和好吗?"

"嗯,不能了。"

"是吗,真没余地了吗?"

"是的,一点儿也没有。"

"好吧,没有就没有吧。"

说到这里,里华忍不住笑了出来。

"一般人不是会再坚持一下的吗?"

"可能我与众不同吧。"

"唔,但是……"

"但是什么?"

"但如果一个朋友都没有,是会很寂寞的。"

相泽同学没有回答,两人保持沉默。就在这沉默的十秒钟里,里华悔之不及。居然一不留神让这小子瞥见了自己心中"最柔软"的地方。如果深吸一口气就能把刚才的发言吸回来的话,她早就把肺都撑爆了。

她不敢相信自己耳朵,为什么会如此大意,尤其是在他的面前说出这种话。

"不会的。"

"啊?"

"我的意思是,还有我在你的身边。"

《回家》在耳边缭绕,里华有些恍惚。她觉得这个小镇所有的人都中了魔法师的魔法。

三

"我想去见一个人。"

自从雪成说有想见的人后,里华就开始纠结这个人是谁。

站了许久巴士还没来,她已经在车站等了十五分钟。在新闻部养成的急性子,让她凡事都喜欢追根问底。只是里华对雪成却还有些顾虑。天台的那次谈话已经过了三个月,现在两人正处在微妙的阶段,说是恋人却又感觉差了那么一点点。难道今天他要带我去见父母?应该不是,因为去他家不是这个方向。

上了好不容易等到的巴士,身体中快要凝固的血液多亏了热乎乎的暖气才又重新开始流动。里华不停地隔着裙子摩擦大腿。为了雪成她在这种天气也试着穿上了红色的迷你裙,配上长靴和高筒袜,因此大腿根部与短裙之间的"绝对领域"充分暴露在冷空气中。但雪成却好像在沉思着什么,对里华今天的这身打扮还没有任何评价。

"啊,是要去医院吗?"

两人在鲸崎综合医院站下车,里华抬起头注视着那栋老旧的建筑物,有些出乎意料地问道。

昭和五十年(1975年)建成的医院虽然整修过,但外墙已经斑驳不堪,裂纹随处可见。镇民们经常开玩笑,如果救护车把人送到这里,那基本就"挂了",送到邻镇的综合医院恐怕还"有救"。玩笑归玩笑,平日里若有骨折之类的意外,或者需要精密仪器的检查,大家肯定还是会来这里看病。

雪成熟门熟路地走进医院大门。他写好来客登记后,也没去左面的导诊台,就自顾自地走上了楼梯。

里华连忙追上去,她已经忍不下去了,于是拉住雪成的袖子问道。

"喂,我们要去看谁啊?那人得了什么病?万一我说错话会很失礼的。"

雪成在楼梯转角处停下了脚步。

"就算说错话也没关系。"

"为什么?"

"因为马上就会忘记的。"

"怎么会忘了?"

想い出あずかります

"她有认知障碍。就是糊涂了,但也没完全变糊涂。病情一天天严重,说话变得困难,会经常认错人。还有其他各种症状。"

"原来是这样……"

"我们要去见的是我的曾祖母,我叫她阿初婆婆。"

"阿初是她的名字?"

"是啊。"

"她多大年纪啦?"

"八十六,不对,八十七了吧。我家是开商店的。父母和婆婆都在店里工作。上小学的时候,婆婆每天都会为我们准备晚饭。"

"小学的时候,那也就是两年前……"

"对,婆婆年纪大了,就像被什么压倒了似的。我升入初中后,她的身体就一天比一天差了。"

"那现在是治疗中咯?"

"唔,但治疗一直不是很顺利。这次是在路上跌倒,被送进了整形外科。婆婆的左脚复杂性骨折,医生问她有没有被车撞过,但婆婆说记不得了,也没法说明当时的情况。"

"这么严重……"

两人接着上楼。病房在三楼护士站的里侧。

"是单独病房啊。"

"起初是四人病房,但到了晚上婆婆就很闹腾,明明脚不好还四处走动,给别人带来了很大麻烦。"

"是吗。那见了婆婆我要说些什么?"

"我只是想让阿初婆婆见见永泽同学。说什么都没有关系,不用太在意。"

"唔……"

走进病房,刚好碰见护士正在询问婆婆的身体状况。

"相泽老太太,昨天没吃止痛药,今天感觉怎么样?如果还疼的话,待会儿医生来了你可以和他说。让他给你开药。"

老房子的天花板都很高,所以房间也感觉更宽敞一些。里华还在为要不要进去犹豫不决,雪成已经走到床边。

"啊,是小雪,你来了。"

阿初婆婆说话有些吃力,嗓音也黏乎乎的,不过却比里华想象中要好很多。雪成也有同样的感觉。

"太好了,阿初婆婆,今天您气色不错啊。"

说着雪成朝里华招招手。

"这是我的同学永泽里华。"

"初次见面。"

打过招呼,里华对阿初婆婆光润柔滑的肌肤感到惊异。自己的祖母虽然才六十五岁,但眼角和嘴角的皱纹已经非常明显。

阿初婆婆哧哧一笑说:

想い出あずかります

"这是小雪第几次带女朋友来了?第三次?不对,好像是第五次?"

"您说什么呀。您搞错了,这是第一次。"

雪成慌忙纠正婆婆的话。他看了一眼身旁的里华,两人相视一笑。

但接下来他又摆出一本正经的面孔。

"阿初婆婆,您现在还想不起来是怎么受伤的吗?"

"这个嘛……"

婆婆嘿嘿一笑,雪成只能无奈地叹了一口气。

✿　✿　✿

"越冷越想来罐冰可乐啊。"

见里华如此有"雅兴",雪成也带着一脸凉意说:

"再加点冰快,那真是太爽了。"

但里华手里拿的却是一杯热可可,不是自动贩卖机里买来的罐装品,医院里有食堂,雪成说要请她吃饭。里华已经决定要把用过的餐券保存起来当成一生的纪念。

"我觉得阿初婆婆是个好人。"

其实人到底好不好只有相处过了才知道,只是这么说雪成听了应该会很高兴。但自己的话似乎没有起效,他的表情依然不太明朗，于是里华补充道：

"刚才见到她的时候觉得她和普通人一样。我们就很平常地聊天，也聊得很开心。"

"但她还是不记得。"

雪成淡淡地说。

"什么不记得？"

"受伤时的状况。"

"啊……好像是想不起来了。会不会当时疼晕过去了？"

雪成没有回答，只是望着窗外。里华突然问他：

"你怀疑有人逃逸吗？"

雪成点点头。

"那警察是怎么说的？"

"的确有值得怀疑的地方。"

"哪里？"

"婆婆的鞋子飞出五米多远。"

"哎，真的！如果只是跌倒的话，鞋子怎么会飞出去？"

"但她本人说不记得，也没有目击者，事发当时周围也没有可疑的车辆。这就为搜查带来了困难。"

"是啊。还好婆婆没什么大碍。康复了以后应该还能走吧。"

"骨折痊愈需要三个月。这期间一直要待在医院里。但封闭的环境会让她的认知障碍越来越严重的。"

"那这样吧,可以的话我会经常来探望她老人家。有人陪她说说话,对大脑也是一种锻炼。肯定有效。"

来的时候如果能让雪成请客喝一杯饮料,也算得上是愉快的假日休闲方式。只是里华更想去看电影或者滑雪。

对于里华的提议,雪成态度明确地摇了摇头。

"我想和相泽同学谈的并不是这件事。"

"啊?"

"是和婆婆不相干的一件事。"

"那是……?"

"和回忆当铺有关。"

"怎么突然想起当铺来了?"

"之前我也说过。我一次也没有去过那里,以前我一直觉得那只是个都市传说,怎么可能会是真的,大概就像整人节目那样,只是为吓人而故意渲染气氛。"

里华没说话,只是尴尬地笑了笑。

"但你让我看了你写的稿子,就是你采访魔法师的那篇。"

"是啊。"

"当时我就说我相信,还记得吗?"

里华点点头,当时雪成的确是这么说的,所以后来她也没有追究麻美她们。最后的结局就是退出新闻部了事。

"其实我想拜托你的是,能不能带我去一次那里?永泽同学你去过好几次了吧？"

"唔，去过四次。最后一次是我去通知魔法师那篇报道不能发表了。"

"那采访岂不是白忙乎了。魔法师怎么说？"

"她就说，哦，是吗？"

"唔，那你们之间的关系没有因此变得很差吧？"

"这倒没有。"

里华的热可可变冷后结了一层膜，她拿勺子一边把这层膜搅碎一边问道：

"那雪君你想当什么样的回忆？"

在这个时候突然提起回忆当铺，难道是有关阿初婆婆的回忆？

"不，不是的。其实我另有所求。"

"不是当回忆？"

"魔法师肯定会各种各样的魔法吧。虽然她只接受不到二十岁的孩子的回忆，不知道她愿不愿意买大人的回忆？"

不是买啦。只是寄存。因为是当铺嘛。但这时候里华也顾不上去纠正他的说法。

"你说的大人是谁啊？"

"这还用猜吗？"

"你是说阿初婆婆？"

想い出あずかります

"是啊。"

"哎？为什么要把婆婆脑子里的回忆当出去？"

"不是当出去，而是找出来。婆婆因为认知障碍不记得事发当时的情况，但当时的记忆肯定还留在她的脑子里。所以我就想请魔法师帮忙找出来。"

里华小心翼翼地揣度雪成的想法。

"那就能找到犯人了！"

"正是这样。"

"但就算魔法师找到了当时的回忆，那又要怎么告诉警察呢？"

"这个简单，就说婆婆的记忆突然恢复了，反正随便找个理由啦。"

"呃……"

"这也不算撒谎啊。又不是瞎编的，我们只是把婆婆原本的记忆找了回来而已。"

"但这样做的前提是要魔法师同意吧。"

雪成本以为里华会拍拍胸口说："那就这么办！让魔法师帮助我们调查吧。"没想到她却回答得很谨慎。察觉到这一点的雪成也很认真地说：

"就算要拜托她，我也不希望让永泽同学代劳。"

"唔。"

"什么时候去你来决定，我随时都可以。至于到时候要怎么说才能让魔法师答应帮助我，或者询问她对这件事的看法，就都让我来吧。"

在里华看来，如果朋友之间用雪成那套直来直去的说话方式进行交流恐怕会产生很多误会。她是不太理解男生的世界，但他们似乎比女生更好相处。所以只要坚信自己是他们的一员就不会有太大的心理负担。

"好的，我明白了。"

里华笑着对雪成说。她又拿起勺子开始拨弄热可可上凝结的薄膜。

✿　✿　✿

风很大，吹得人脸生疼。虽然周围还有几棵松树能遮挡强风，但呼啸而过的气流让人走在这么陡峭的山崖上不敢大意，稍有不慎便会摔个够呛。

"还真危险哪。"

雪成探出脑袋往下瞅了瞅暗自说道。这话飘到了里华耳朵，她便高声问道：

"怕了啊。那要不要回去？"

嘿嘿，反正在去当铺的这段路上，雪成就像只随风飘舞的风筝，自己则是那个拽着风筝线的人。自己一旦松手，他不知

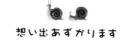

道会飘到哪里去。想到这些里华就觉得有些小兴奋。

"我是担心永泽同学万一掉下去怎么办。"

也不知道他说这话是出自真心还是在示好,反正里华很受用。她马上为刚才感到得意而后悔,慌忙说:

"没事的啦。你往下走就知道了。"

"知道什么?"

"你走了再说。"

里华似乎懒得多做解释。两人往下走了四十来步,石阶往右边拐了一个弯。

"明白了吧。"

"啊?哦……"雪成蹲下身,发现路边开着一朵蓝色的小花,是一株阿拉伯婆婆纳。

"大冬天的,怎么会开花?"

"你没发现周围变暖和了吗?"

"还真是啊,为什么会这样?"

"是魔法师的魔法。如果天太冷风太大,孩子们就不会来了吧。"

"的确是这样。她想得还挺周到的。"

"我第一次来的时候也是冬天。这也是和我一起来的朋友告诉我的。那天她家空调坏了,所以到这儿来蹭暖气。"

里华说的朋友就是麻美,但里华似乎不想提起她的名字。

两人继续前进,没过多久就透过树丛的间隙看到了当铺所在的小屋。

"是那里吗?"

里华看见雪成的喉结动了一下,但风声太大,没听见他咽唾沫的声音。

两人走到海边,海浪起起伏伏,打在礁石上溅起浪花。

"看。"

顺着里华指着的方向雪成睁大了眼睛不禁感叹。

"哦哦!"

这或许还是第一次见到向来喜怒不形于色的雪成露出如此惊讶的表情。里华有些诧异地注视着他的侧脸。

出现在两人眼前的是许多轻飘飘的泡泡。那些撞向礁石被击碎的浪花并没有落入海中,反而是变成了一个个浑圆的水泡漂浮在四周。一百、两百、三百,浪花每靠岸一次,就带来一堆直径五公分左右的水泡。

"这可不常见啊。雪君你是第一次来这里,肯定是为了欢迎你准备的。其实就算从石阶那里开始变得暖和起来,但从家走到山崖边的路还是很冷的,所以冬天客人要少很多,她这时候就会很无聊。"

在向雪成说明的时候,里华突然有种自己是魔法师朋友的感觉。她完全忘记了自己从来没有在魔法师这里当过任何回忆。

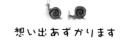

"欢迎光临。"

见到魔法师,雪成先下意识地往后退了一步。在那篇神奇的采访稿中,里华已经尽力将魔法师的外貌转换成文字呈献给读者,但雪成似乎没有将文字转化成一个具体的形象。的确,银色卷发什么的,无论是谁都难以想象。

"您,您好……"

雪成迈着比平时要小很多的步子走进屋子,里华跟在他的身后。壁炉里的火熊熊燃烧,室内热得完全不需要穿外套。

全神贯注地看着松鼠泡茶的样子,雪成久久合不拢嘴。过了好一会儿他才开始讲述来的目的。

听闻雪成并不是来寄存记忆的,魔法师依然面不改色地听他继续说下去。

"到时候你可别插嘴哦。"雪成有言在先,所以里华只是静静地注视他们,实在无聊了就开始打量周围的陈设。蜗牛保洁员们大概已经完成了今天的工作,都挤在窗台上休息。里华的脑袋里突然生出一个疑问来:那些蜗牛会不会都是魔法师变的?或许他们都是魔法师的徒弟,为了日后出人头地所以在这里学习。自然界绝对没有会从身体里产生清洁剂的蜗牛。或许在客人们都离开后的晚上,那几只蜗牛会叽叽喳喳地讨论白天的所见所闻。里华想象不出白雪茫茫的冬日,一个顾客也没有傻呆呆地站在窗口的魔法师会是什么样子。

回过神来,雪成已经解释完自己的来意。魔法师整了整半落的鲜红色披肩,开口道:

"也就是说希望我去一趟医院看望你有认知障碍的曾祖母,从她的脑海中找出事发当时的回忆是吗?"

雪成点点头。

"按理说,应该是我把阿初婆婆带到这里来才是。但她的脚不方便,就算脚没事要老人走这么长的台阶也挺困难的。"

"你心里应该在想,凭什么让腿脚不便的老人来找我,应该是我去看她才是。我猜得对不对?"

"是的……"

仿佛被看穿了似的,雪成有些不好意思地回答道。

"我猜得没错。"

"所以拜托您了。"

"但这没有先例。"

"先例?先例是什么?请不要把自己说得像一个凡人那样好不好。只有我们老师那样的人才会经常用这个词呢。每次学生会提出了希望能放宽校规的议题,老师就会拿'至今没有删改校规的先例'来做挡箭牌。但只要老师不去破例又怎么会有先例呢?现在也一样,希望您能为大家破一次例,这样就有先例了。"

"你说的是没错,但我什么都可以做,唯独破例不行。"

"真的什么都可以做？"

"大抵都可以。"

"那让您毁灭世界呢？"

"这恐怕做不到。"

"为什么？"

"因为别的魔法师不会同意。他们一旦联合起来封印我的能力，那我就束手无策了。"

"那让您帮助我的曾祖母恢复记忆，会有别的魔法师反对吗？"

"应该没有吧，大家对这种事又不感兴趣。"

"说到底还是您愿意不愿意的问题。"

雪君，你这可不是拜托别人应该有的态度啊。一旁的里华心里不停地打鼓。或许魔法师不是人类，她看上去也没有被雪成略带责问的口气所激怒。

难道说，她的态度是表明已经接受了雪成的请求？里华刚刚想到这一点，魔法师就开口道：

"很抱歉，我拒绝。"

这个回答让人感到意外。雪成愣了一会儿，随即瞪起眼珠子有些誓不罢休地追问道：

"为什么？"

"因为，如果接下了你的委托，那我开的就不是当铺而是侦探社了。"

"那又有什么关系？"

"如果被那些成年人类看到了或许会产生怀疑，所以做这种事只会给我带来麻烦而没有任何好处。"

"哼。"雪成轻蔑地哼了一声。

"好处啊，原来是这样。不愧是开当铺的呀。您放心，肯定不会让您白跑一趟。"

"哎？你要拿什么交换？"

显然里华已经忘记了之前的约定，探出身子问道。但雪成并没有在意里华毁约，依旧直视着魔法师说：

"阿初婆婆所有有趣的回忆都当给你可以吗？"

"什么！这！"

魔法师还没开口，里华却先叫了起来。雪成这才朝她看了一眼。

"反正迟早有一天婆婆会忘掉所有的事情，从小到大的所有回忆。"

"但是……"

"所以不如趁早就先全部寄放在你这里，这样即便哪天婆婆全都忘了，我还能时不时地来看看。"

"这可不行哦。只有我能翻阅那些保存回忆的文件。我可不会借给人类的。"

"好吧,就算你不答应,我也觉得要比全都忘光了好……"

魔法师渐增的气场给雪成带来了压力,他说话的声音都比刚才降低了几个分贝,但依旧没打算放弃。作为他的女朋友当然要支持他,这道理里华当然明白。她想雪成也一定希望自己这样做。即便如此,她还是禁不住说出了自己的想法。

"我觉得这样做不对。"

不出所料,雪成的目光如同箭矢一般射了过来。刚才海边的那些水泡如果出现在两人之间,恐怕也会被他的视线噼里啪啦地全都刺破吧。

"你什么意思?"

"我是说我反对你这样做。魔法师只是接受孩子们寄存回忆,并不是买下来。"

"她说得没错。"

魔法师点点头,雪成则觉得里华多事。

"我并没有问你赞不赞成。"

"回忆是每个人独有的东西,其他人没有权利任意取阅个人独有的记忆。"

"我说了没问你是怎么想的。"

"而且,阿初婆婆不是还记得'小雪'你吗!"

雪成无言以对,当他发现魔法师正兴趣盎然地注视着自己,

便猛地抬起头,也不管里华的反对,斩钉截铁地说:

"那就保留我和家里人的回忆,其他所有的回忆都归你!你既然是魔法师,这种程度的操作应该不难吧。"

结果里华又插了进来。

"在家庭与你之外,或许还有对阿初婆婆非常重要的回忆!"

"能不能不要说话!这是我的交换条件。我的最终目的刚才也说过了,是找出犯人。难道放着不管,就让婆婆白白受伤吗?"

魔法师伸手取下披肩,整整齐齐地叠好。

"两位越说越热烈,连房间里的温度也跟着升高了。"

说着,她拿起放在壁炉旁的一根大棒。那根大棒到了魔法师的手里仿佛变成了空心的管子,魔法师对着大棒一端呼呼呼吸了几口气,壁炉里的火焰就小了大半。哎?火焰都被她吸走了吗?不愧是魔法师啊,这别人可学不来。就在里华感叹的当口,魔法师重新回到座位上。雪成又开始追问:

"刚才都是永泽同学在说,还没有问你的意见。到底能不能帮我,请给一个回答。"

雪成的身子仿佛发令枪一响就要准备跳下泳道似的前倾着。魔法师微微地摇了摇脑袋。

"交换条件不成立。"

"为什么?"

想い出あずかります

"没有为什么。"

"你这样说我是不会接受的。"

"做了破格的事,就会产生坏结果,到最后或许连当铺也开不了了。"

"你是魔法师,用魔法不就能解决吗?"

"我还没找到要逼我不得不用魔法来解决的理由啊。"

"你是不是觉得我很讨厌,硬要你答应帮忙。"

"那倒也没有。魔法师本来就没有类似喜欢和讨厌的情感。"

听到魔法师这么解释,雪成不禁站了起来。壁炉的火光映照在他的脸上,看上去就像眼中腾起了怒焰。

"也就是说想要用感情打动你根本就是对牛弹琴咯?"

"没错呀。"

"这种事一开始就应该告诉我嘛,这样我也不用浪费时间早就回去了。总之,阿初婆婆对我和我的家人有恩。我想要回报她、帮助她的情感你是根本无法理解的。魔法师虽然会使用魔法,但根本就没有心。"

说完他就一把扯过放在沙发上的外套,三步两步走到大门口,头也不回地说:

"我先走了。"

说完雪成就出了门。就算追上去拉住他,肯定也会被他狠狠甩开吧,所以里华只是坐在沙发上目送他离开。

"要不要喝柠檬茶?"

魔法师刚说完,松鼠就端来了黄色的水壶。啊,饮料不同容器的颜色也不一样……不知道自己为什么会注意这种小细节。魔法师把杯碟搁在里华的面前。

"你喜欢那个男生吧。"

"喜欢"两个字差点脱口而出,但里华却死命把它咽了回去。

"就算我告诉您,魔法师应该也不明白那种感受吧。无论是喜欢还是讨厌。"

"没错,不明白。正因为不明白所以才觉得有趣。"

"有趣?"

"对,我衡量事物的标准就是'有趣'和'无聊'。仅此而已。"

"那您是因为雪君的委托无聊才会拒绝的吗?"

里华端着杯碟,茶杯里的柠檬茶冒着热气,她打算凉一凉再喝,但已闻到了酸爽的茶香。

"其实我是骗他的。"

魔法师一脸漠然地说。

"骗?"

"我说不能破例什么的都是借口。我拒绝他是因为有别的理由。"

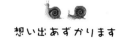

里华有些出神,手里的杯子险些滑落。她连忙把茶具放在桌上。

"为什么要这么做?"

"因为我看到了。"

"看到什么?"

"未来。"

"啊?"

"如果我接受了那孩子的委托,从他曾祖母的脑子里找到了有关事故的记忆。我能预料到这样做的结果。"

"事实和您预想的一样吗?"

"那谁知道呢,毕竟没有办法验证。但我是不会产生妄想的。脑海中浮现出来的,必定是将来会发生的唯一结果。"

"那如果您从阿初婆婆那里找到了当时的记忆,究竟会产生怎样的结果?"

"当然是看到了事故的经过。"

"哎?"

"司机撞倒婆婆就跑了。"

"真的吗?雪君的猜测没有错?"

里华突然站起来,或许是起身的势头太猛,连壁炉里的火焰也随之摇动了几下,烧得比刚才更旺了。

魔法师依旧淡淡地说:

"婆婆并没有看见车牌号码，但看清了车型和颜色。那辆车是较为少见的运动款，那孩子只是在镇里稍微打听了一下，就找到了住在邻镇的车主。"

"邻镇？不在鲸崎？是羽须美还是金原？"

魔法师没有回答，继续说道：

"那孩子——雪成君并没有通知警察。他觉得如果告诉警察是婆婆自己想起来的，恐怕警察会找婆婆追问各种细节，那或许会给原本并没有想起来的婆婆带来麻烦。还不如自己直接去找逃逸的人交涉。"

"是这样啊，那后来呢？"

"对方肯定很惊讶。本以为这么长时间过去了也没人发觉，这事就过了。没想到居然会有人找上门。所以他做了个决定，只要把雪成君杀了，就不会有人知道了。"

"这……那再后来呢……"

"我看到的最后一个画面就是那孩子头上流着血倒下的样子。再就没有后来了。"

"您是说……雪君死了？"

"有没有死我倒不清楚啊。"

"那犯人的结局怎样？是被抓住了还是逃脱了？"

"不知道。至此就被雪成君打断了。我没有看到之后的结果。"

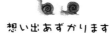
想い出あずかります

"那现在能不能再看一次？请告诉我那个犯人的信息，我去告诉警察。"

"可以是可以，但要用魔法来解决人世间的事情，这样做好吗？"

想想也是哦。明明一开始还对魔法师拿回忆来做买卖说三道四，一转脸却想让魔法来为己所用。私心产生的双重标准让她觉得有些懊恼，不禁重重地砸了一下沙发的靠垫。她开始反刍刚才两人的对话，突然想到了什么便说：

"对了，魔法师，您为什么要替雪君着想？您很在意他？他的态度那么差，我还以为您会讨厌他呢。"

"刚才不是说过了，我可没有好恶的情感。"

"但是……"

"我看我还是说清楚比较好。我虽然没有喜欢呀讨厌呀之类的情感，但内心纤细，所以不希望悲惨的预感成为现实。再说，你喜欢那个孩子吧。"

"是啊……这又怎么了？"

"你看，如果因为我的帮助导致那孩子死了，你肯定再也不会来我这里了吧。"

"大概是的。"

"如果你不来了，我会很无聊的。"

"这么说……您很欢迎我来这里吗？"

"是啊，因为你是个有趣的孩子。"

魔法师微笑着说，这还是今天第一次看见她露出笑脸。那笑容就像在大冷天吃到了热豆包，温暖而又甜蜜。

"我？"

里华连忙追问：

"我没觉得自己多有趣啊。多嘴多舌的，应该让人觉得很烦才是。"

"正是这样，所以才有趣啊。"

"我来了好几次，却一次都没有在您这里当过回忆。"

"我并不在乎这个。"

接下来的话里华欲言又止，但想了想觉得还是应该明明白白地说出来。

"而且我也并不赞成用回忆来换钱这件事。"

"这正是你最有趣的地方，至今都没有一个孩子有和你一样的想法。"

"是吗……原来我很奇葩呀。"

为了掩饰内心的喜悦之情，里华自嘲道。

"那我就学你多问一句。那孩子——雪成君——你喜欢他哪一点呢？"

"这要怎么说呢……之前我也说过，他在上课时毫无顾忌地反驳我的意见，一开始我觉得这家伙真讨厌。可能，我喜欢的就是这一点吧。"

想い出あずかります

魔法师有些不解。

"明明是讨厌，为什么又喜欢呢？我还真不明白你们人类的想法。"

"这么说吧。其实我很'普通'，我的那些朋友还有老师也差不多，大家都普普通通地活着。所以我憧憬的其实是'不普通'。"

"所以那孩子就成为了你理想的对象？"

"是这样的。"

"哦，是因为上课的时候和你唱反调，你就喜欢上人家了呀。"

"嗯，也不仅仅是这样。雪君是足球部成员，球踢得很好，毕业后就能成为职业选手。前不久他的膝盖负伤了，现在还没好。正巧最近要举行足球比赛。有一次老师提到了这件事，还说雪君才一年级就这么厉害，将来肯定能出人头地。他这么说其实是想怂恿雪君上场为学校拿名次，谁知道雪君却很干脆地回答说，和职业生涯相比还是膝盖比较重要，如果赛前膝盖还没好，他打算当替补队员。"

"是吗？真有意思。"

"我觉得他说得对。膝盖毕竟是自己身体的一部分，和一时半会儿的热乎劲儿相比，还是自己的身体重要。类似的事情还有很多，他总是不按常理出牌。"

"哦。"

"和他接触多了，我就喜欢上他了。所以不算是一见钟情，而是日久生情吧。"

说着说着，里华发觉自己对于雪成的情感，与其说是对异性的好感，更像是崇敬。难道自己并不是真的喜欢他？而且自己会产生这种想法，都是被魔法师拐着弯"问"出来的。想到自己又中了她下的套不禁有些生气。

"还有，我写的那篇采访魔法师女士的报道，老师看过都说我在写小说，但雪君只读了一遍就说相信呢。"

想起这件事就来气，里华一口气喝干了杯子里的柠檬茶。

"是吗？那可真有意思了。"

"到底哪里有意思了？"

"我很清楚一件事是有意思还是没意思。如果开头就很无趣，我的直觉会告诉我，接下来的发展也好玩不到哪里去。但喜欢一个人就不一样啦，我很难理解。因为这里有太多不确定因素存在。"

魔法师一边说一边点头，仿佛在强调自己的见解。

里华拿着空杯子，魔法师望向窗外。

"呀，那孩子来了。"

"哪里？！"

里华不禁站了起来，但魔法师连忙解释道：

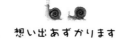
想い出あずかります

"唉,都怪我,老是孩子孩子的,结果就搞混了。我说的那孩子不是雪成君,是遥斗君。他好像和妈妈相处得不好,总是来我这里当和妈妈有关的回忆。"

说着大门就开了。

"魔法师,魔法师。你听我说啊。"

里华看见进来的就是上次碰见过的那个男孩子,她突然想起之前骗魔法师说自己认识他的父母,还是趁没露馅前快走吧。里华拿起外套,急急忙忙地告辞。她还真怕魔法师使个什么法术看穿自己撒谎,那可就糟大了。

✡ ✡ ✡

到了第三学期,雪成的座位换到了离里华较远的位置。雪成坐在最后一排靠窗,而里华则是第二排靠走廊。课间休息时两人不能像以前那样说悄悄话,所以每天的午休总是让她很期待。

两人从当铺回来后的那天晚上,里华想给雪成发条短信,但不知道该说些什么,结果想着想着就睡着了。如果真的喜欢他,这种时候肯定会睡不着吧。想到这里再度失去了自信。里华想找雪成聊天,但她怕自己还没开口就被对方一句"你烦不烦啊"给呛回来。

午休的铃声一响起，雪成就从座位上站起来。他手里拿着便当。学校没有必须在教室里吃午饭的规定，去哪里吃是学生的自由。里华也拿着便当盒跟着他走出教室，两人相隔两米左右的距离，小跑两步就能追上。要去哪里吃好呢，是小卖部旁的长椅上，还是有玻璃窗的走廊？反正只要人少的地方就行。里华想找个能和雪成说上话的地方，回过神才发现他已经三步并两步地走向体育馆，"哗啦"一下打开了体育馆那厚重的门扉。

哇，那扇门可有两米多高，看上去就很重的样子，换成我是打不开的。她这样想着，走近才发现，大门并没有关上。

奇怪？里华战战兢兢地走进体育馆。突然雪成从她背后闪出来，一把关上了门。

"啊……"

"你这样可当不了侦探，跟踪失败了哦。"

"不是啊，我本来就没打算跟踪你呀。"

里华连忙辩解，但发现雪成的语气并不是在责怪她。两人走上观众席并排坐下。一朵云彩从玻璃顶外的天空飘过。今天的日照柔和，室温适宜。就像关闭暖气十分钟后的房间里一样。

体育馆是嫌在室外太冷的情侣们小聚的秘密场所。因为走得较快，除他俩外，这里还没有别人。是个机会，就趁现在说吧。里华想道。

"昨天，对不起啊。"

想い出あずかります

"干吗要道歉？"

雪成反问她，打开了便当盒的盖子，夹了一块牛肉塞进嘴里。

"有很多原因吧。没能让魔法师帮上忙，还有让你一个人先走了。"

说完里华慢悠悠地从袋子里拿出自己的便当盒。她都说到这份儿上了，要是雪成依旧那么冷淡，就只能这样了。

两人沉默了一会儿，等雪成发觉里华似乎不打算再说下去了，才开口道：

"没什么，我也认清那家伙了。那个魔法师。"

"啊？"

"那家伙没什么了不起了。我知道她不是人类是魔法师，但魔法师肯定也有各种各样的。那家伙充其量只是个三流货色，所以只能和孩子玩。你看，她不是很怕被大人发现嘛，所以只能和孩子做生意。你觉得呢？"

要怎么回答呢？里华正在犹豫的时候，刚好有别班的情侣走进体育馆，里华有些扫兴地朝他们看了看。

"嗯，大概是吧。"

这回答不干不脆的。雪成不停地往嘴里扒饭，还自信满满地点了下头。

"什么叫大概，就是我说的三流货色。我觉得我的提议，就是把和家里人无关的回忆单独提取出来这种高难度魔法她根本做不到。不仅如此,她说什么把孩子的回忆储存在文件里也是骗人的。其实只是简单的洗脑,让那些孩子想不起来而已。记忆也好回忆也好,都是储存在自己的脑子里的,怎么可能被别人取走。小学生很好骗,就相信了她的话,但小孩子长大后,上了初中高中就没那么容易上当了。"

"可能吧……"

雪成不容分说的语气让她觉得心烦意乱。魔法师关于未来的预测是骗人的吗?还是不要告诉他比较好,这样雪成不会出事,自己也不会受到良心的苛责。

"永泽同学,你是反对魔法师用金钱换回忆的行为吧?我对那个魔法师的能力表示质疑,所以我们应该是同一战线的。"

"应该是的……"

"但我没打算告诉别人,也没想在众人面前拆穿她。这样做对不对不去管它,我只知道如果这样做了,肯定会被她的崇拜者,就是那些小学生恨死的。"

"唔……"

雪成的便当已经吃完了。他盖上盒盖,把便当盒放在一边。今天他还是第一次和里华四目相视。

"总之……"

"嗯?"

想い出あずかります

"有空就多来医院吧。"

"啊?"

"因为阿初婆婆好像还挺喜欢永泽同学的。"

"真的?"

"她喜欢的人能经常来看她,或许病症也不会发展得太快。"

"当然可以!"

里华强而有力地回答道。唉,两个人关于魔法师的坎儿似乎已经在不知不觉间迈过了。以后还是不要提起这件事和魔法师比较好,这样的话,我们的关系也一定会顺利发展下去。

"那个,雪君……"

"什么?"

"我想和你上同一所高中。"

"我们应该能上一所高中吧。清川高中。"

"也是哦。"

"就是呀。"

"上了高中,就离车站很近了。我想去购物中心看电影。"

"你说那家购物中心啊,里面还有个很大的游戏中心。"

"啊,要在游戏中心约会啊。"

里华嗔道,雪成则微笑着问她:

"我去买喝的,你要什么?茶吗?"

"我要可可。"

"刚吃完饭喝什么可可啊，又咸又甜的。"

里华嘿嘿一笑。

"好吧。你等等。"

"我等你。"

雪成走下观众席的阶梯。

就这样，我们一定会好好地继续下去。可是……莫名的不安感油然而生。里华总感觉自己在刻意地维护着两人的关系。

麻美已经不再是自己最要好的朋友，如果雪成也离开我，那就真的只剩下一个人了。想到这里，里华把他的便当盒往身边挪了挪。

想い出あずかります

四

　　走在石阶上的里华停住了脚步。崖下盛开着紫阳花，这里的花和别处不一样，花瓣是圆滚滚的心形。因为之前里华曾告诉过魔法师，女孩子喜欢星星和爱心的图案。

　　虽然魔法师没有禁止摘花带回家，但带回去也没用。有次里华摘了几片花瓣，结果到家后拿出来一看，也不知是放得太久还是魔法失效，原本可爱的花瓣变成了茶色的残片。看来想给父母见识下心形花瓣的想法是不可能实现了。

　　今天里华可不是为了看花才来的。她敲了敲门，也没等回应就直接推门走了进去。也不知从何时开始，里华已经把这里当成了好朋友的家。说起来，距第一次来已经有一年半了，就算当着魔法师的面，她也会很"厚脸皮"地主动从罐子里掏饼干吃,丝毫没有当初的拘谨。反正两人已经很熟了。话说高中开学已经过了三个多月,尽管很忙,她还是每隔半个月会来一趟店里。

魔法师端着一盆花从里屋走了出来。

"我把它拿到外面去晒晒太阳。"

她说的是手里那盆紫斑风铃草,灯笼似的花朵低垂着,和普通的紫斑风铃草不同,每隔一小时花瓣就会伸缩一次,看上去就像在叹气。只不过它叹出的香气并非一般花草的清香,更像是柠檬蛋糕的甜香。

"换新衣服了呀。"

好学的魔法师从里华那里学到了女孩子喜欢别人夸奖她穿得漂亮,所以就付诸实践。

今天里华的打扮是色彩鲜艳的橙色紧身短上装和蓝色打底裤。那件短上装的三色刺绣颈边饰十分亮眼,脚上则踏着一双黑色单鞋。

"上了高中大家就开始讲究起穿来了。"

"是吗?"

正在为花盆该摆在哪儿烦心的魔法师随口应道。

"是啊,初中的时候,大家都不怎么在意穿什么,但上了高中就不一样啦。我可是深有体会。上学的时候大家都穿校服还行,但休息天我如果穿得很没品和雪君约会时被别人撞见,

想い出あずかります

那不是丢雪君的脸嘛。"

"也是哦。"

"但我那个老妈却说,反正你从初中开始就没怎么长高过,所以去年的衣服就凑合着穿吧。这叫什么话嘛,一点都不明白现在高中的情况。"

魔法师苦笑。

"如果是遥斗君,恐怕马上会拿这个回忆来换钱。你就不一样了。"

魔法师说得没错,里华至今都没有当过自己的回忆。

"其实人家也会为钱发愁,但我在暑假打过工了哦。"

"打工?"

"金原市有家综合市场,我在里面的电影院里打工。平时就做做检票啦,给客人拿毛巾,提醒客人外食莫入,或者检查有没有盗摄之类的工作。"

"还挺忙的嘛。"

"有雪君和我一起上班就没关系。"

话虽如此,但里华可不想告诉魔法师当初邀雪成一起去打工时,他的表情有多嫌弃。

对了,今天是有事想告诉魔法师才来的。里华猛拍了一下手,吓得一旁正在用大尾巴掸灰的松鼠手里的橡子都掉了。

终于摆放好盆栽的魔法师,回到她那张放在老位置的摇椅上坐下。

那就问吧！于是里华开口道：

"我们学校发生了一起案件。"

"案件？"

"是的，我还以为您已经听谁说了呢。三年级一个叫海藤的男生，在上课的时候用美工刀去刺坐在他前排一个叫片濑的男生。"

"啊。"

看来我是第一个告诉她这件事的人。有些小兴奋的里华继续说。虽然她已经不是新闻部的人了，但每次和人说起他们不知道的事情，情绪就会变得高涨。

"这个海藤啊，觉得上课很无聊，所以就想找点有趣的事情来做。然后就突发奇想，不如就拿刀刺个人来看看，肯定很有意思。"

"那被刺的那个孩子呢？"

"没有生命危险，所以我现在才能很平静地告诉您这件事。一开始我还不相信呢。放学后去他们教室一看，结果看到地上还残留着血迹，是一块圆形的血迹，就像墨汁在纸上晕染开那样。不过从出血量来看，人应该没大事。"

说到这里，里华转变了话锋，她不是单纯为报告这事件才来的。

"您之前曾经说过吧。"

"什么?"

"您说您判断事物的标准是有没有趣。"

"是说过。"

"但我觉得这种想法是错的。"

"所以呢?"

"那个人就是觉得有趣才会拿刀刺自己的同学。我想肯定有很多人就是基于有趣这点,才会毫不在乎地虐待自己的小孩,欺负同班同学。我觉得这种想法和做法都是错误的。魔法师女士您不是人类,或许不会做这种事。总之,我觉得这种想法不好。"

魔法师手指拨弄了几下银色的卷发,然后抬头望着天,似乎在思考很重要的事。

呀,是不是我说得太直接打击到她了?里华在为接下来要怎么圆场犹豫的时候,魔法师突然直视着她。她翠绿的眼眸开始变得蔚蓝、深邃而又神秘,里华感觉要被吸进去了似的。

"那你的标准是喜欢和讨厌吗?"

这个,也不能一概而论,但三言两语似乎解释不清,里华只能点点头。魔法师继续说:

"除了喜欢和讨厌,其实还有一种感情。"

"哎?"

"其实相对于喜欢和讨厌,这种感情占的比例更大一些。"

"那是什么?"

"那就是漠然。"

"啊……"

"既不喜欢,也不讨厌。怎样也无所谓,也不会去关心。比如你刚才用平淡的口气去叙述学校里发生的伤害事件。虽然这事发生在别的年级,但你班里也有同样的事,你对此表现得十分漠然。"

"啊?"

不是这样的。里华两手交叉在头顶摆出一个 × 的姿势。

"您说错了,我们班,一年二班都是些很普通的人,绝不会发生拿刀伤人的事。而且您说的漠然是在霸凌事件发生的时候才会用的词,我们班根本没有这种事啦。"

"是吗。"

"是呀。高中不存在霸凌现象。而且我们学校可是这个学区数一数二的重点高中,我和雪君可是很努力才考进来的。其他孩子也一样。大家都是认真学习,热爱生活的好孩子,我们学校也不是那种很乱的学校。"

"你说得不对。"

魔法师的语调轻柔,却让人感觉掷地有声。

"你的学校有霸凌现象,最近每天傍晚都有一个孩子会过来。"

"是谁?"

"是谁我不会说的。你想知道是你自己的事,我可不会多嘴。"

"但您说傍晚会来,现在已经是傍晚了啊,我怎么没碰见他?"

"你只有周末才来。那孩子是周一到周五。"

"那您不告诉我是谁没关系,他来干什么总可以说吧。"

"当然是来当回忆啦,他每天都来当自己被欺负的回忆。"

"啊……"

"你说过你是清川高中一年二班的学生吧。那孩子和你是一个班的。"

"是男生吗?那我可能不太熟……"

"是女生。"

"是吗。我们班只有十七个女生。那会是谁呢……"

魔法师就说到这里。

"难道是……"

里华把其余十六个人的形象在脑海里依次回想一遍,但她只想起十五个人,还有一个怎么也想不起来。

✿　✿　✿

星期一。女生下午体育课的内容是排球,男生则是田径。里华趴在体育馆的窗户上注视着操场上的动静。

"你是在看雪成君吧?"

静香猛拍了一下她的背心。被说中了,但她最不喜欢的有两样东西,一是咖喱二是喜欢八卦的姑娘,于是里华故意叹了一口气说:

"不是,我才不会有空没空都盯他盯得那么紧,都已经是倦怠期了。"

谁知里华刚说完,静香就夸张地大笑。

"倦怠期!哈哈哈!"

女生人数有限,老师打算让里华班和二班合并进行对抗赛。里华她们被分到体育馆里侧的场地。

"首发的六人,自己报个名。"

老师发话了。她们这一组没有排球部的成员。一般这种情况,里华所在的"班干部四人组"肯定会入选。里华和静香在班里都担任了职务,里华是图书委员,静香是美化委员。其余的几个女孩子在班里都十分活跃,所以也可以从霸凌受害人的名单里划掉。里华想象着在她们的头上画了一条斜线。

其余十三个女生细分的话,有四个潮女,两个喜欢玩电脑,

想い出あずかります

两个御宅族，自由系美女一名，还有四个普通系的姑娘。

那四个潮女很在意发型和指甲之类的外在形象，所以极力避免去做会出汗的事儿，要她们上场打排球肯定是一万个不愿意。如果班里真有霸凌现象，她们只有欺负别人的份儿，绝不会被欺负。里华想了想，又在她们脑袋上"画"了四条斜线。那还剩下九个。

里华称白土芽依为"自由系美女"，以她的打扮和长相要入选潮女之列也无可厚非，只是她太过"自由"了，总是独来独往。平时老迟到，上课玩手机更是家常便饭，有时还会无缘无故地从学校消失几个钟头，上厕所也总是一个人。现在就没看见她人影。总之她给人的感觉很空灵，似乎和霸凌这种"俗事"扯不上关系，无论作为加害者还是被害者。所以又多了一条斜线。还剩八个。

还是先把比赛打完吧。里华想了一会儿，首发的六人就选好了。班干部四人组加上两名普通系的女生。

对了，是她……

里华盯着一个女生看。之前她曾回想过班里十六个女生的长相，就是有一个女生却总也想不起来。后来有人叫了她一声，里华才知道她叫未穗，但全名还是无法想起。

比赛开始了。

"未穗，没事啊没事。"

这句话大家都不知道说了多少次。里华真想问问未穗，同学你是不是把排球当成躲避球了，球来了你不去接躲什么啊？后来她知道去接了，只不过大部分都没接到，就算接到了，球也不知道飞到哪里去了。未穗的手掌红通通的，好像很疼的样子。

　　"真对不起。"

　　嘴上这么说，里华却看不出她有半点不好意思的样子。换成别人可能早就一肚子火了吧。其实这时里华心里都有点起毛了。这场比赛要赢，肯定要先把她换走。但其他的队员似乎也没什么求胜心，未穗犯错她们也跟着犯错，大家半斤八两，其乐融融。

　　还无法确认，但用排除法来看，未穗最有可能是被欺负的女生。

　　周末，里华对魔法师说出了自己的调查结论。

　　"你搞错了。"

　　结果被她简单否定了。

　　"你说的这个叫未穗的孩子，从没有来过这里。"

　　"不会吧……"

　　里华的脑海里开始回放那天比赛的录像。两个宅女正在热烈讨论一首里华从未听过的动画片主题歌，结果被老师吼了才开始认真看比赛。余下几个普通系的女生，小声地喊着"加油

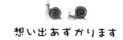
想い出あずかります

啊"。但这几个人里面都没有符合的对象。

"真是我们班吗?"

魔法师会不会搞错了。里华猜想。

但如果魔法师现在才说,她搞错了,那孩子是一班什么的,就太搞笑了。

仿佛看穿了里华正在想的事,魔法师说:

"我还是告诉你名字吧。"

"您不是说不会泄露个人信息吗?但我还是很想听。"

"这的确关涉到本店的信用,但我总觉得这件事应该让你知道。"

听魔法师这么说,里华有些动摇。因为一旦知道了名字,就不能再否认班里有霸凌的事实。

最后好奇心胜利了。

"请告诉我吧。"

结果魔法师说出了里华从一开始就没有想到的名字。

☆　☆　☆

"抱歉,我迟到了。"

白土芽依轻轻地关上后门,走进教室。里华脑袋向后扭转了一百二十度,注视着她。芽依也朝她看看,然后在自己的座位上坐下。

日本史老师菊谷忍不住开口了:

"白土同学,五十分钟的课,你第四十八分钟才进来。这不是迟到,而是旷课吧。"

一脸怨气的老师拿出出席手册在上面盖章。芽依又轻声说了一句:

"对不起啦。"

仿佛是在告诉老师,迟到也好,旷课也好,你怎么算都无所谓。

里华又转过头直勾勾地盯着芽依。她还是第一次这么仔细地观察对方。一直以来芽依都是里华生活圈外的人,对她的印象也只是不拘小节的美女而已。但仔细观察后才发觉自己的判断有些简单和片面。

那一头长及后背的亮丽长发不去做洗发水广告都嫌可惜,但她本人却不以为意,平日里也只是简简单单地用一个发圈扎起来垂在脑后;鼻梁高挺,肤色雪白,让人不禁猜想她的家族中是否有欧美血统;眼角微垂,长长的睫毛遮盖在漂亮的大眼睛上。

里华有些出神地看了她半分钟,结果被她的视线撞上了,连忙别过头去。和那几个潮女相比是有过之而无不及啊,但显然段位要高许多,或许在整个年级里也是数一数二的。

想い出あずかります

"雪君,有些事想问你。"

休息时间,里华拉着雪成的衣袖走到走廊上。每次里华做出些小女生对待男朋友的言行,他一只眼睛的眼皮就会下意识地抽搐几下。但今天里华似乎没有要回避他人的打算。

"什么事啊,有话快说。"

里华也不管他爱不爱听,轻声对雪成说:

"这件事我不能告诉你是从哪里听来的,但我们班的白土芽依同学好像成了霸凌对象。你怎么想?看上去也不像啊。"

雪成一脸愕然。

"什么,你被人欺负了?"

啊?听错了啊。里华重申了一遍:

"不是我,是白土芽依。"

雪成听后皱起了眉头。

"就像你说的那样,我也感觉她被人缠上了。"

"是班里的同学吗?谁?"

"不是我们班的。有一次我看见她被其他班的四个女生围了起来。"

"在哪里?"

"放学后吧。车站对面不是有个便利店嘛,就在那附近。还有别的地方,近河口的桥边和广场上我都见到过。"

"也可能不是被欺负啊,或许只是好朋友聚在一起聊天……"

"男生除了我之外也有人看到过。而且你看她不是经常上课看手机,或者会莫名其妙地消失一段时间吗?肯定是被那帮人叫出去了,没办法拒绝,只能这样。"

"怎么……会有这种事……"

她的那些行为并不是自愿的,并不是为了想吸两口新鲜空气才走出教室的。芽依并没有我想象得那么自由。

等等,在向芽依了解情况之前,还有些问题必须问眼前这个人。

"雪君,那你能确信芽依是受到了霸凌吗?"

"百分之百不能,百分之七八十没问题吧。"

"那你就从来没对别人说过?"

"这种事要对谁说,又要怎么说啊?"

雪成这句话仿佛把即将到来的盛夏给一脚踢了回去,里华觉得有些心寒。她又想起了给阿初婆婆守夜的那个晚上。今年三月,就在雪成等待高中录取通知书的那段时间里,阿初婆婆悄悄地走了。守夜的那天晚上,里华对雪成说:"有需要我为你做的,就告诉我。"她本想用这句话来安慰一下雪成,但雪成却告诉她:"你能暂时不要和我说话,我就心满意足了。"

雪成又用当时那种冰冷无情的口气对里华说:

"女生之间的矛盾和男生无关,读中学时就是不成文的规

想い出あずかります

矩，上了高中也一样。"

"但是——"

"你的意思是应该帮助她是吗？我也算是有女朋友的人吧。我去帮别的女孩子，你觉得班里那些家伙会怎么说？到时候你会不会反过来问我，我喜欢你还是更喜欢白土同学？"

"嗯……"

"再说苍蝇不叮无缝的蛋，长这么漂亮会被人讨厌或许是因为性格不好。虽然我没和她说过话，不知道她是怎么样的人，但我是这么想的。"

一时还不知道该拿什么话来反驳他，结果刚想开口，上课铃就响了。

"你突然把我叫出来就是想对我说教啊。"

里华想道歉，但感觉有些不对就没说话。

"以后不管课间休息还是午休，你都别来找我了。"

"为什么？"

"从四月份开始我们就一直黏在一起。白天也是。我都没什么时间和其他男生玩了。"

"但这是一开始就说好的啊，上高中后要一直在一起。为了这个，我连社团活动都不参加了。"

"现在参加也没问题啊。反正麻美她们又没和你上一所高中。"

"这种事你早点和我说啊。现在才入部,很麻烦的。"

"我怎么知道会变成这个样子。"

"如果你觉得不要黏在一起比较好,那两人还是不要读一样的学校比较好。"

里华在等待他的回答,但雪成却已走开。

✧　✧　✧

放学后雪成连招呼都没打就一个人先走了。如果去叫她,里华肯定会耍要小性子。里华也一直告诫自己,不能去看,如果表现出很在意他就是自己输了。

目前芽依的事比雪成重要。里华在心里告诉自己。芽依斜挎上她那只黑色的新款尼龙背包走出了教室,裙边飞舞,里华瞥见她白嫩的大腿,起身追了上去。

"拜拜~"

突然听见静香在向自己道别,里华转身朝她招招手。静香虽然不是很要好的朋友,但也算一起为班级事务操劳过的同事。

没走多远,芽依就从包里拿出手机开始通话,说着说着就小跑起来。紧跟太过显眼,于是里华走走停停,与她始终保持着一段距离。

是打算在门口换鞋出校门吗?芽依却朝右边拐了过去。难

想い出あずかります

道她打算去校舍后的仓库？那地方里华在参观学校的时候去过一次，园艺部的花圃边上有间小屋。里面堆放着铁锹之类的工具。

啊……

她想要叫住芽依，但还是选择躲在离她十五米远的一棵大树后面。

有四个女生已经等在那里。其中一个抱着双手，摆出一副老大的样子。里华好像见过她，应该是四班的，其余三个就不认识了。但她们穿着一样的校服，而且都扎着一年级学生独有的洋红色丝带。

芽依看上去也不像是被欺负的样子。

"不好意思，来晚了。"

她轻声说着，用左手捋了一下头发。

"怎么了？把大家都叫到这里来。"

"你这个心机女，又要开始装傻了吗？"

貌似老大的女生把手里的提包狠狠地砸向仓库的墙壁。她也是一头长发，只是远看有些毛糙，难道两人是为了比比谁的头发比较好才来的？好吧……只是这场面比较像而已。

那些女生并未发觉躲在树后的里华，说话的嗓门也越来越大。

"你还装！你打算用沉默来抗议还是找外援帮忙？"

"不好意思，我不明白你说什么。"

"她又在装傻了！"

一个短头发的女生对女老大说。

"杏奈，我知道她今天还是老一套，特意做了这个。"

那个女老大原来叫杏奈啊。里华开始偷偷地观察她：脸型和五官都很普通，眼角上吊，眼袋很重，总觉得那张脸充满了怨气。所以从表情上看，杏奈更像是被欺负的一方。

里华继续听下去，那个说自己做了什么东西的女生叫沙良。

沙良从自己的包里拿出一个纸筒状的东西，铺展开来。

"这是什么？"

杏奈定睛一看。

"哈哈哈，不错嘛，沙良，读来听听。"

两人一个大笑，一个因被夸奖而脸红。一旁的芽依有些莫名其妙地看着她俩，不明白她们究竟葫芦里卖的什么药。清风吹过，枝叶摇曳，一只瓢虫在树干上慢悠悠地往上爬。里华心想，如果能拜托魔法师把瓢虫背上的斑点全都变成心形就好了，那肯定会很有趣吧。沙良开始读纸上的内容。

"罪状，白土芽依小姐。"

"小姐？干吗还要加敬称啊。"

也不知道谁插了一句。原本站姿放松，看上去有些无聊的芽依突然挺直了身子。

想い出あずかります

沙良继续。

"你有三大罪状:

"一、在补习班中,向老师打小报告,诬陷同伴作弊;

"二、在补习班中,夺走了蒲谷京香的恋人,伤害了京香;

"三、隐瞒第一第二条,装作什么事也没做过,开始就读清川高中。"

里华很想看看沙良读完后芽依的表情,可惜她背朝自己看不见,但她的身体有些僵硬,听完后就一动也不动。

"凭以上三条罪状,你要向在场就读补习班的人赔罪。"

"真是简洁有力啊。"

杏奈呵呵一笑。一个一直站在旁边都没开过口的小个子女生突然噘起嘴不满地说:

"为什么只有我的名字写出来了。"

那她应该就是第二条提到的京香。

"那就用字母来代替吧。补习班的名字就用M。这样万一被老师看到,也不会说我们是在欺负她了,因为都匿名了嘛。"

四人还在叽叽喳喳地讨论,芽依却一转头朝里华所在的方向走去。她的步伐轻盈无畏,但双唇紧闭,一双大眼睛怒目圆睁,让里华觉得有些害怕。

"等等,我们还在讨论你的罪状,你走哪儿去!"

说着杏奈大步追了上去,一把抓住芽依的手腕,狠狠地扯向自己。

"好疼!"

"你还知道疼啊。"

杏奈用力一甩,把芽依往仓库墙壁上撞。预制板拼装的简易板房发出巨响。杏奈抬起头朝四周张望,过了一会儿发现没有人来才安心。她凑近芽依,两人脸对脸只有十公分的距离。

如果她继续施暴,我就去办公室叫老师,里华暗自决定。但她希望这是最坏的结果,不然自己会背上"打小报告"的罪名,说不定也会受到相同的对待。有那么几秒,她想到了雪成说过的话。就算会被他责备也要去做。因为我就是我。

沙良她们走了过来,和杏奈一起把芽依围了起来。杏奈摆弄着芽依胸口的丝带,不急不缓地轻声对她说:

"我猜你是不会承认的,但你犯下的罪铁证如山。京香受到的伤害,还有我们被指责作弊时受到的委屈是永远不会消失的。你这个背叛同伴的叛徒。你以为上了高中就能拍拍屁股了事儿了吗?想得美!我们要在学校里发传单,把你做的坏事公之于众。"

芽依的侧脸就像喝干的牛奶瓶一样,变成介于透明和白之间的颜色。

杏奈越说越来劲儿,语气也变得嚣张起来。

"这张罪状就贴到你们班教室里去。这样你的伪装就前功

想い出あずかります

尽弃了，肯定会被所有人都讨厌，没有人会再愿意和你说话。如果不想我们这么干的话，就补偿你犯下的罪。听到没有？"

"你们到底想怎么样？"

芽依冷冷地问。杏奈一伙突然怒了。

"你应该问怎么补偿我们！"

"好吧，那我要怎么补偿你们？"

"昨天不是说过了吗！补偿金！"

"多少？"

"今天先每个人一万，总共四万。昨天就让你准备好的。"

"就是要钱咯……"

"你再装傻也没用！"

或许觉得自己有理在先，就算敲诈也说得大大方方。杏奈笑着继续说：

"别以为别人不知道，你周末在咖啡馆打工，每个月的一号和十五号发工资。"

"所以今天是你发工资的日子。"

一旁的京香笑着补充道。

"我没把工资带到学校来。"

"那就去取啊！"

"我没有银行卡。"

"那你就回家去拿。"

芽依低下头。

"对吧,小芽依,我们一起回家吧。"

"嗯,好开心呢。一起回家。"

"就像小学生那样,大家一起回家。"

杏奈又抓起芽依的手腕拉着她要走。芽依自然很不情愿,两人拉拉扯扯走了两三步,杏奈扯了她一把说:

"不想走吗?我拉着你走到校门口可不好看啊。大家肯定会觉得奇怪,到时候反而对你不利哦。"

一听这话,芽依不再反抗,恢复成通常的步态。

"我来替小芽依拿包包。"

说着京香抢过芽依的挎包。

"怕你跑了,所以这是抵押品。"

芽依突然愣住了,然后继续往前走。里华觉得芽依看到了躲在树后面的自己,忙往树荫处退了几步。

☆　☆　☆

"真的是白土芽依……"

里华自言自语道。一旁的魔法师也点点头。她躺在摇椅上,轻抚着躺在自己膝上的海鸥。

接下来不知道该说什么,里华把注意力转向海鸥,她还从

想い出あずかります

来没有见过一只鸟会摆出这种姿势。那只海鸥居然仰天躺在魔法师的大腿上，肚皮和腿对着天空。魔法师用她的右手一遍又一遍地抚摸海鸥的肚子。海鸥好像很舒服似的闭着眼睛。我家的小喵也会跑到人的脚边亮出肚皮求抚摸，想不到鸟也会这样。

"我总觉得自己应该做些什么才对。"

"嗯。"

"但我几乎没和白土芽依说过什么话。甚至不知道该叫她白土同学呢，还是小芽依。"

"直接叫芽依不可以吗？"

啊呀，我想说的不是这个。里华有些抓狂，结果被魔法师的"为什么不可以？"补了一刀。魔法师似乎还在纠结称呼的问题，但里华真正想问的是有关白土芽依的个人情况。

"自由美人"的形象在里华心中幻灭了。那真正的白土芽依是怎样一个人？她一点儿也想象不出来。所以今天才……

"今天白土芽依也会来吗？"

"晚点会来吧。"

"那她来的时候我能不能躲在屋子里偷听？"

魔法师放下抚摸海鸥的手注视着里华。里华慌忙解释道：

"我可不是为了好奇才偷听的。我想知道她会说些什么，把怎样的回忆当给您。如果这些事不弄明白，我也不知道要怎么帮她。您说是吧？"

"你是打算帮她摆脱霸凌咯?"

"唔……我无法袖手旁观。而且今天也看到了,那些欺负她的家伙,好像不好对付,我也一直为该怎么办发愁呢。"

"我明白了。"

"啊?"

"看你要怎么帮她这件事我觉得很有趣。OK,没问题。那你就快点儿藏起来。"

"真的吗?"

里华听到了敲门声。她急忙跑到走廊上。走廊尽头有一条狭窄的楼梯直通楼顶,她看见楼梯转角处挂着一根晾衣服的绳子,上面正挂着三块手帕。

真奇怪,魔法师还要洗什么衣服啊,直接用魔法把衣服变干净不行吗?她一边想一边往上走,坐在转角处往下第三级的楼梯上。这样就算芽依走出走廊往楼梯的方向张望,应该也看不见她。但自己也看不到对方。

"您好……"声音好柔弱啊。里华站起来向上走了一步,从这里能稍稍看到一点。坐在沙发上的芽依应该看不到自己,此时她蜷缩着身子,低着头,长长的头发披散在背上,那样子就像儿童故事书里描绘的妖怪。自由美人的形象早已不复存在。

松鼠端着茶杯吭哧吭哧地走到芽依身边。

"这是能安神的花茶,里面放了一些昨天锹虫先生运来的

想い出あずかります

蜂蜜。"

锹虫运来蜂蜜？里华心里又涌出好几个槽点，但芽依对此只是简单地点了点头。

秒针咔嗒咔嗒地转了一圈又一圈。屋内静得都能听见芽依喝茶的声音。

"我每天都来说同样的事，魔法师一定觉得我很无聊吧。"

沉默了一会儿，芽依终于开口了，但她始终低着头。魔法师淡淡地答道：

"这也是我的工作。"

这时候应该安慰她说没有才是啊。里华按捺住冲出去插嘴的冲动，一屁股坐了下来。

"今天也是来当回忆的？"

对于魔法师的问题。芽依轻轻地"嗯"了一声。

"放学后我接到电话。照她们说的走到校舍的后面。那里有一块种着黄瓜和茄子的农地。我第一次来学校参观的时候就发现了这个地方，满眼都是绿色很漂亮。美术课布置自由写生的时候，我就选了这个地方。但看到杏奈她们我就感到一种违和感，好像她们不应该出现在我喜欢的地方。她们个个都黑着一张脸，然后硬拉着我去便利店旁的取款机。我说平时不会带提款卡出门，但不知道为什么却发现提款卡就放在钱包里。我想就算当掉了回忆，但残留的记忆还是告诉我应该带提款卡出门，所以下意识地放进去了吧。"

"的确有这个可能。"

"她们要走了四万元，比我的工资还要多。"

"是吗。"

"但幸亏有了魔法师您。我总是来当自己的回忆，所以户头上的钱足够给她们。只要能解决这件事，倒也没什么。"

"的确如此。"

"我想类似的事情已经发生过。我发工资那天，她们就会来取钱。距她们下次来要钱，应该还有半个多月，这我就安心了。"

喂喂，你搞错了吧，这根本解决不了任何问题。里华忍不住又探出了身子。

她看见魔法师又拿出了那本文件夹。

"那今天的回忆我给你两千元。其实我觉得应该少给你一些。"

"我明白，因为我每天都来说同样的事。给多少都没关系，您能接收我的回忆，我就已经很满足了。她们每天都欺负我，让我带着这些不好的回忆去上学……我办不到。但只要把回忆留在您这里，我就能轻松地迎来第二天的早晨。"

"真的吗？"

捂嘴已经来不及了。芽依猛地转过脸站了起来。此刻她的

想い出あずかります

脸色要比刚才被围攻时还要苍白。

"是谁？"

再躲也没用了。

"永泽里华，是你的同学。"

里华大踏步地走进客厅，一副死猪不怕开水烫的样子。芽依原本光洁的额头上多了许多条皱纹。她没有看里华，而是把头转向魔法师。

"太过分了，竟然有人在偷听。"

本以为魔法师会无言以对，没想到她却轻松地说：

"这是我的店，我说可以就可以，因为她想听。"

这是何等霸气的回答啊，不知道该怎么反驳的芽依只能低着头。里华站在她的面前，气血上涌。她知道只要说出这番话，接下来就只能和霸凌团体正面对决了。

"那个，白土同学。"

"今天你看到了吧……"

"啊？"

"你站在树后面看到了吧。你肯定在笑话我。"

"不是的！"

"那你是什么意思？"

"我才知道这件事。所以就想做点什么。"

"做什么？"

"你或许不明白,但我觉得你每天来这里当回忆根本解决不了任何问题。"

"为什么不能?"

芽依的嗓音也提高了八度,怒气冲冲地瞪着里华。

"你有什么资格说不能!带着满脑子痛苦的回忆,第二天要怎么起床?怎么去学校?每天放学后都会发生同样的事,如果事先就知道,这一天要怎么过?我可是打算高高兴兴地上完高中的。初中的回忆我都保留着,补习班上不允许作弊,我把这件事报告给老师,就被她们说成叛徒。还有抢别人男朋友这件事,明明是那个男生先告白的,我根本没有答应他。"

"原……原来是这样吗?"

"就是这样,但这些事就算记得又有什么用?她们想要欺负你并不是因为有道理,只是讨厌而已。那些人一旦开始讨厌你,就会把你越想越坏。她们觉得生活很无聊,所以就拿人取乐,食髓知味后是不会轻易罢手的。后来她们知道我考上了清川高中,为了能够继续欺负我,拼命学习也考了进来。大概是怕玩顺手的猎物就此跑掉吧。每天都要遭受这帮人的欺侮,成为她们发泄的对象。你能忍受这种回忆一天天地在你脑子里积聚起来吗?"

芽依将体内的怨气一泄而空,说完后就摇摇晃晃,像块加热融化的布丁似的,一下子瘫坐在沙发上。

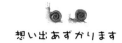
想い出あずかります

"正因为你忘记了,坏事还是会继续下去。"

里华惊讶于自己的语气竟会如此平静。其实刚才芽依的气势把她给吓到了。

魔法师依旧坐在她的摇椅上,看看芽依又看看里华。

"正因为你忘记了之前的事情,才会让那些家伙更为恼火,还以为你是在装傻,她们会变本加厉欺负你。"

"让她们知道我没在装傻,事态就会变好吗?"

"嗯。"

"不会有任何改变的……"

被比自己高的芽依俯视着,里华有一种自己在遭受霸凌的感觉。

"你先坐下吧。"

在魔法师的建议下,里华找了张凳子坐下。

"我一直觉得白土同学个性自由,又非常帅气。"

"哎……"

芽依抬起头。

"你都是一个人去上厕所,也不参加课外活动。独来独往的,脱离常规,一个人非常自由。"

"初中的时候不是那样。"

"是吗?"

"总是很期待能和别人一起做事。每次老师让大家两人一组或者四个人一队的时候,我的心就像被揪了一下,有些小兴奋和焦躁。"

"嗯……"

"其实现在也一样。只是像这样和别人组合的授课方式少了。无论是烹饪实践还是生物观察。"

"为什么?班里有很多人想和白土同学交朋友的。我也是!"

"一开始都还好。如果只是和女同学玩的话……"

原本懒洋洋躺在魔法师腿上的海鸥大概觉得无聊,扇了几下翅膀飞到壁炉上。芽依看着它,继续说下去:

"过不了多久,肯定有男生插进来破坏这种和谐。我从来不会主动去找这种麻烦,但经常会被人告白什么的……一旦出现这种事儿,麻烦就来了。每次被人说'小楠以前就喜欢刚志君的,芽依你真过分'之类的话,我只能辩解,是他先告白的,我已经拒绝了。类似的事情多了就烦了,所以决定上高中后,不和任何人交往过深,无论男女。被人说成孤僻也无所谓。这样就算再有男生告白,也不会惹相熟的女生伤心。到目前为止一切都和我想的一样。但那几个女生是例外。"

"如果那几个女生的麻烦不解决,你觉得自己也无法开始正常的高中生活?"

"我只能用遗忘的方式来处理这件事。"

想い出あずかります

"但就算你把回忆都当掉,忘记那些痛苦的事,但去当铺当回忆这件事本身还是无法忘记的。也就是说,白土同学你每次遇到她们,就会想起自己去当回忆这件事,继而也就想起去当回忆的原因。那时候你肯定也不开心吧。"

"那你说我要怎么做才好呢?"

被芽依这么一问,里华终于有机会说自己刚才就一直在想的事了。

"我读中学的时候是新闻部的成员,但后来因为一些原因退部了。上高中后打算拾起这个爱好,写一篇有关这件事的报道。当然,我不会写出当事人的名字。但要让她们看到后,知道是在写这件事,给她们施压。"

"刺激她们反而不好吧。"

"为什么?"

"那些女生肯定会把补习班的事情告诉大家。我被霸凌的事也会传开。"

"但刚才你不是说你没有做错吗?"

"和我做没做错无关。如果大家知道了我是霸凌对象,肯定会改变对我的看法,觉得虽然不知道前因后果,但还是离我远一点比较好。"

海鸥突然飞起来,在天花板附近回旋。

"要回家了吗?"

魔法师打开门,海鸥扑扇几下有力的翅膀,飞出门外朝鲸岛方向飞去。

　　目送海鸥飞远后,魔法师回过身开口道:

　　"其实还有更简单的解决方法。"

　　"是吗?"

　　里华和芽依同时注视着魔法师,但她却没有继续说下去。里华想到了。是啊,只要自己做出觉悟的话。

　　芽依看了一眼窗外忙说:

　　"再不回去天就要黑了。"

　　说完就起身拿包。

　　"嗯,永泽同学……"

　　"叫我里华就可以了。"

　　"嗯,里华……希望你不要告诉别人。"

　　"当然。"

　　"那件事还是别想太多比较好。可以吗?不然或许会越来越复杂。"

　　看着她大踏步离开的背影,自由美女似乎又回来了。打开门,夕阳照进屋内,她的头发就像巧克力瀑布一样,乌黑亮丽。

　　"等等!"

　　里华突然叫住芽依,她眼角的余光看见魔法师微微地点了点头。

想い出あずかります

"白土同学，等一下。"

"怎么了？"

芽依有气无力地转过身。

"我可以叫你芽依吗？"

"啊？"

"我是说我们可以当朋友吗？"

"为什么？"

"因为我一直很喜欢你，很想和你多说说话。"

"可是……"

"只是希望你能答应我一件事。"

"还有条件啊？是你想和我交朋友欸。"

芽依脸上浮现出苦笑。但里华却很认真地说：

"我希望从明天开始你不要再当回忆了。无论是好的还是坏的回忆。"

"但我很喜欢这个地方。"

"你来当然没关系，我也喜欢这里，经常会来找魔法师玩。但我从来都没有当过自己的回忆。"

"真的？"

"魔法师是不会介意的。所以你只要把想说的告诉她就行，但不要把回忆当掉。还有——"

"还有？"

"你想说的话我也可以听。"

芽依的身子微微一颤。

"你这么突然，我没想好……"

"说的也是哦。"

"那让我想想，明天告诉你。"

"好的！"

芽依走了，但她或许感觉到里华一直在注视着自己，下意识地调整了一下挎包的位置。魔法师突然抬起左手。

里华不禁惊叹。开放在石阶旁的紫阳花突然飞舞起来，心形的花瓣飘散在芽依的四周。她伫立在原地，惊讶得说不出话来。

✿　✿　✿

电视机里吵吵嚷嚷播放着"还是六月，酷暑却已降临"的天气预报。

第二天早上，里华在上学途中就已忍不住拿出手帕擦了好几次汗。走进教室，她愣了一下。总是迟到的芽依已经坐在座位上。她的座位在中间那排，从前往后第五个，离前排靠走廊的里华有点距离。芽依没玩手机也没看书，只是扶着脑袋发呆。

里华默默地坐到位子上，从包里拿出课本放进课桌。"啪

想い出あずかります

啪"两声,有人拍她的肩膀,回头一看是芽依。

"早上好,里华。"

芽依笑了一下,却又习惯性地低下头。里华见状忙说:

"啊,芽依,第一堂是什么课啊。"

并回给她一个灿烂的微笑。

"是数学。"

芽依终于敢抬头看她的眼睛了。她的双目里也洋溢着笑意。

"昨天发生的事我都记得,这种感觉真好。"

里华点点头。

好!她的作战就要开始了。

☆　☆　☆

但凡里华在学校和雪成搭话,他都会摆出一副不耐烦的表情。但今天是周末,再加上两人正在去雪成想看的球赛的路上,所以这四十五分钟的车程他一路都吹着口哨,显得很开心。

金原市是这一区域的中心都市,也是以J联盟为目标的金原FC队的主场。刚走出中央车站的检票口,就看见一年一班的相乐治也正靠着墙在摆弄手机。他是雪成球队的队友,两人虽都还是一年级新生,但等三年级的前辈参加过夏季大赛隐退后,就都将成为正式球员。但他也和雪成一个德行,说起这件事都会摆出一脸无所谓的表情。

"朝乃呢？"

里华在寻找治也女朋友的身影。上周他们两对小情侣曾去看过一次电影。朝乃是女校的学生，那次是她们第一次见面。

"分手了。"

治也"啪"地一下合上了手机的翻盖。这声音听上去就像里华和麻美决裂时的背景效果音一样。

"哎？是谁提出的？"

雪成也不知道这件事，便问治也。

"是我。被她烦死了。短信晚回儿一会儿就要啰唆。"

"你们不同校啊，平时见不到面。她肯定是在乎你才会这样的。"

里华想替女生解释，但治也似乎并不在乎对方的想法，只一边和雪成聊天一边往前走。

"今天羽生前辈好像是第一次上场。"

里华倒也不是对他们分手感到特别惋惜，只是这种场合男生都会自顾自聊天，有个女生能做伴比较好。今天只有三个人……但里华又觉得三人正合适，因为她有些问题要问治也。

"对了，治也君，你是上桥中学毕业的吧？"

到达体育场后，趁雪成去厕所的时候，里华问治也。有些多动的治也双手抱着电线杆，一脚踩在保护消防栓的箱子上，

想い出あずかります

一脚悬空。

"是啊，怎么了？"

"我最近认识了四班的麻生杏奈。你听说过她吗？她也是上桥中学毕业的。"

里华已经调查过，杏奈和另外三人都是上桥中学毕业的。芽依是木花中学毕业的，她们只是补习班的同学。

"知道知道，怎么会不认识呢。我们小学也是一起读的。"

治也意味深长地笑了笑。里华想先问问治也和杏奈关系怎么样，是好朋友还只是认识的同学。但见他这个表情，她就知道该怎么继续往下问了。

"你有没有觉得她这个人有点怪？我和她才刚认识，她就不停地找话呛我。给人很强势的感觉。"

说完她就忐忑地等待答复。其实里华还没有和杏奈接触过，仅仅是那天在大树底下见过一次。

"啊，我明白。她就是那种人啊。"

治也的回答让里华松了一口气。于是她顺势而上：

"那她有没有什么弱点？像黑历史什么的。比如读小学还尿床啊，难听的外号之类的，或者经常被老师骂。她再找我的碴，我就能用来反击了。"

"哈哈！"

治也忍不住笑出来。

"你说外号啊,还真有。以前都叫她 GRO。"

"GRO?是 Grotesque(奇形怪状的)这个词的简称吗?"里华回想起杏奈那张长得有点任性的脸问道。

"不是,是化妆品的那个。"

"哦,Gloss(唇彩)。"

"可别说是我说的哦。谁也不想提起小时候犯的错,都已经读高中了,过去的就让它过去吧。"

☆   ☆   ☆

"你们把我叫到这里来有什么事?"

芽依问道。杏奈她们四个照旧把芽依围了起来。

从那天开始就不再去当回忆的芽依终于明白这段时间她们每天对自己说什么,自己又遭到了怎样的对待。此时里华已经躲了起来,在关注着她们的一举一动。

里华沿着花坛,绕过她们的视线走到了仓库的后面。芽依还不知道她躲在这里。

芽依双手把提包抱在怀里,脸上露出了警惕的表情。或许她不光想保护自己的东西,也想提包来保护自己吧。

"拜托你别问这种蠢问题了好吗?"

杏奈瞪着她说。

想い出あずかります

"你再这样,我们就把你的罪状贴出来。"

"罪状?"

芽依重复她的话语。

"我们的忍耐可是有限度的,你别得了便宜卖乖。现在你的日子还算舒服,因为你做的丑事还没有公之于众。如果我们揭发了你,你的好日子就到头了。没人会愿意和你交朋友。不过你本来好像就没有朋友。"

杏奈装腔作势地说道,一旁的沙良则呵呵一笑。

"我有朋友。"

芽依低着头咬着牙说道。

"是谁啊?你说!"

芽依沉默着没有回答。

"让你说啊。"

她被重重地推了一把,还是没有开口。她大概是怕说出来会连累我⋯⋯里华捏了一把右手那里的东西,突然跳了出来。

"我是她的朋友。"

"啊!"

芽依抬起头,突然发现面前站着个人。她究竟是从什么地方"蹿"出来的?里华像母鸡保护小鸡似的站在这帮"老鹰"的面前。

哼哼。有人发出了不屑的笑声。里华瞪了她一眼,是京香。

"你想当正义使者吗？真可惜，芽依不是什么好人，你没有保护她的必要。"

"是啊是啊。你可别以为我们在欺负她。你搞错了，我们都是高中生，不会做那样的事。我们只是交涉而已。我们问她要精神赔偿。她做过什么装作不记得，但被她伤害过的人可不会忘的。"

没必要再听她们废话了。里华把手里拿着的细长纸袋递给杏奈。

"这个给你，就当作赔偿。"

"这是什么？"

杏奈撕开纸袋上的封条，往里瞄了一眼，似乎还没明白。于是就伸手掏出了里面的东西。

她拿着那东西，脸色变得惨白。

"这是唇彩，因为便宜我就买了很多。你不是很喜欢吗？你以前经常买这个啊，但总是忘记付钱。"

"我不明白你在说什么……"

"本来应该叫警察的，但因为是本地的孩子就放了你一马，谁知道你却换了一家店继续白拿。小学六年里你也收集了不少唇彩和别的化妆品吧？看你那张脸就知道。"

最后那一句的威力稍大了一些，里华有些后悔说出口。治也告诉她的"杀手锏"出乎意料的好用。她正感觉自己就像超

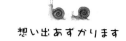
想い出あずかります

级英雄一样，一个必杀技就打得敌人满地找牙。

"但你放心，我是不会对别人说的。大家都是高中生，想要一个新的开始。是不是啊？"

里华抓住了芽依的手腕。

"不过如果你们再找芽依麻烦的话，我可是会问你要这份礼物的钱的。如果你拿不出来，我就写明原因贴在教室里。"

一旁的京香和沙良，还有个不知名的女生都没敢说话。她们一直瞪着里华，看样子她们也知道杏奈的过去。

该说的都说完了，里华拉起芽依转身就走。

"那个唇彩是什么意思啊？为什么她突然就不说话了？"

"那是魔法棒。"

"里华也会魔法吗？"

"一点点吧。"

两人一直走，走出了一身汗。她们的目的地是山崖旁的石阶。

五

"从这里看,海水的颜色和其他地方不一样,连风的气味也有差别。那些从远处涌来的浪涛拥抱着岩石粉身碎骨。水汽混入风中,所以你能闻到潮水的气味。这可是真正的海风。"

或许是因为海风的缘故,芽依靓丽的长发看上去有些湿润,但她本人没有发觉。站在她身旁的里华深吸一口气。

"这地方太妙了。魔法师如果能早点这么做就好啦。"

两个月前,魔法师从屋檐下那个房间向外延伸出一座阳台。

站在阳台上,能遥望北面的鲸岛和广阔的海面。不断涌来的波涛随着天气和季节的变化展现出不同的姿态与色彩。天空中飞舞着一群海鸥,争相捕食迁徙归来的蝴蝶。种种美景,美不胜收。

想い出あずかります

　　日近黄昏，夕阳将鲸岛化为灼热的赤铁。仿佛从天而降一把巨锤，就能将那座岛屿打造成各种形状。

　　"升上高二后学业开始变得繁忙。魔法师肯定是为了让我们常来才造的这座阳台。"

　　芽依笑着说。里华点点头。

　　"你说得没错。"

　　两人的初次相遇，已经是一年零一个月之前的事了。时值暑假，里华和芽依都没有外出旅游的计划，就相约来魔法师这里玩。上次来是三周前，她们也不像以前那样来得那么频繁。

　　"唉，真是失败啊。本来以为图书委员是个闲职，没想到文艺部跑来求助，莫名其妙地成了他们的人，结果变得这么忙。"

　　里华大大地叹一口气说道。

　　"但也多亏了里华的帮助，让我也能入部。我们是同班同学，相互也有个照应。"

　　创建文艺部的总共有七人，包括里华和芽依。

　　两人一起活动，一起回家，聊天话题也多了起来，关系也越变越好。只有一点，里华原本就是新闻部的成员，写一笔好文章自然不在话下，但芽依的文笔就差了点。芽依漂亮的面容和乌黑的长发常常让人眼前一亮。真希望她的文章能像她人一样。只是事与愿违，她的文章倒的确会让人眼前一亮，只不过是亮瞎的"亮"。接续词的用法十分之诡异，总之写着写着主题就不知道飞到哪里去了……

不过好在自己还有个能胜过她的地方，这样两人就"平衡"了。里华这样想来安慰自己，她总觉得自己能当芽依的朋友是高攀了……

两人成为好朋友已经过了一段时间，班里的人总也搞不明白"为什么她俩的感情会这么好"。总觉得她们是一对奇怪的组合。里华在女生群里人气不低，但男生总觉得她"成绩不错，就是有点啰唆"，芽依则是女生眼中"谜一样的存在"，男生的"视线收割者"。这样两个貌似八竿子打不着的人怎么会成为朋友，的确让人猜不透。

也没有其他的女生能打入她们的朋友圈。一年级的时候，静香曾做过尝试。结果她和里华亲热一点，芽依就默默地退了出来。这让静香觉得很遗憾，总是说："那姑娘就像只怕生的猫，只和里华亲。"

里华转过身，她听见从楼下传来急促的脚步声。

"两位阿姨，魔法师茶已经泡好啦。"

"哎，又是那孩子。"

芽依刚想哑嘴，想起这个习惯不太淑女，于是朝里华吐了吐舌头。

遥斗就像颗弹球似的蹦到了两人面前。他脑袋圆圆的，看上去黑了很多。暑假才刚开始就晒得这么黑，过完暑假还不得

想い出あずかります

成煤球了。也不知道是他没好好刷牙还是原本就那样,连他的牙齿也像被晒过一样黄黄的。

"你叫我们喝茶,那要谢谢你。但这里没有阿姨只有姐姐。"

里华瞪了他一眼,遥斗笑着说:

"我哥哥说了,女人只要过了十五岁都是阿姨。"

"那这样说的话,你过了十五岁就是大叔咯?"

"我只有十二岁。"

"还背红书包呢就这么拽啊。"

芽依也扫了他一眼,遥斗不甘示弱。

"我五年级的时候就不背红书包了,现在人家背的可是运动包!"

或许是意识到再吵下去恐怕会被赏吃"爆栗子",他忙缩回脑袋下了楼。

里华和芽依相视苦笑,也跟着下楼。

客厅里,魔法师正在陈放刚做好的五彩爆米花。里华在电影院打工的时候只见过黄色和褐色的,但这里居然有绿色、紫色甚至淡蓝色的。

"遥斗君说饼干吃腻了,我就换个花样。"

紫色是葡萄口味的。里华有些小心翼翼地把淡蓝色爆米花放进嘴里。

"嗯,遥斗哪,今天你来当什么回忆?又想说妈妈的坏话了吧。"

面对里华的提问,遥斗噘起小嘴说:

"不好意思,今天我是来当妈妈的好话的。"

"哦,那是什么好话?"

"前几天我要参加足球比赛,但哥哥也有比赛。我就想妈妈要去送哥哥,应该不会给我做便当。以前碰到这种情况妈妈会给我钱,让我去便利店买东西吃。"

"嗯嗯。"

里华附和着,又抓起几颗淡蓝色的爆米花放进嘴里。没想到这种颜色居然是汽水味的。

"但这次她给我做了便当。其实我知道,是哥哥想吃便当,所以就顺便也给我做了。但便当里有我喜欢的肉丸子,不过是冷冻食品。"

"冷冻的也不错啊。有的吃就不错了。原来你觉得这就是好的回忆啊?"

芽依问道。遥斗叹气说:

"你不明白的,阿姨。"

"说了不是阿姨。"

"你看,如果我老是当不好的回忆,那就对妈妈不公平。所以我也会当一些好的回忆。这就是我的正义。"

"真不知道你在说什么。"

想い出あずかります

芽依背靠着沙发,仰天叹道。唉,小学生的逻辑还真是难懂。里华开口问道:

"遥斗是次男吗?"

"痔男是什么?我可没有痔疮啊。"

"不是痔男,我问你是不是妈妈的第二个儿子。是次男!"里华有点恼火,遥斗则一脸坏笑。

"我是次男,怎么了?"

"一般次男和父母的关系都不太好。你要学会怎么讨父母欢心。我觉得你没有掌握要领啊。"

"啊,我最讨厌这种故意去迎合别人的人了。当个不讨父母喜欢的次男又怎么样?难道阿姨你们就不讨厌自己的父母吗?"

听他这么问,里华答道:

"我还从来没想过是喜欢还是讨厌。"

"啊?"

"如果是别的人,喜欢就和他在一起,讨厌就离开。但父母不一样,不管怎么说都有割舍不断的血缘。不论是在他们身边,或者离开他们,甚至于永不相见,都无法改变他们是父母这个事实。所以我觉得还是不要计较父母好与不好比较轻松。"

遥斗眨巴眨巴眼睛,似懂非懂地坐了下来。

哦也!终于在任性的小鬼面前扳回一分!里华正打算振臂

高呼,却听他说:

"但补习班的老师说过,停止思考是人衰退的表现。"

说完遥斗嘿嘿一笑。

魔法师依旧坐在她的摇椅上,爱抚着躺在膝盖上的灰猫。

要怎样才能让这个小子哑口无言呢?当里华苦思冥想的时候,芽侬开口了。

"或许开始放弃自己重要的东西才是人衰退的表现哟。"

"啊?"

遥斗看着芽侬。

"那你对轻易舍弃自己的回忆这种行为怎么看?"

"在这里说这种事,是妨碍魔法师的营业。你还是快点回家去吧。"

遥斗对芽侬做了个鬼脸,但一旁的魔法师却说:

"没关系啊,我是因为闲得无聊才经营当铺的。回忆对我来说也不是必要的东西。"

"啊,是吗……"遥斗显得很失望。芽侬乘胜追击。

"里华教给我一件事:回忆很重要,自己的回忆只属于自己,不能让给别人。遥斗君你是不是也该好好考虑下这个问题?"

哼,遥斗的逆反情绪上来了。

"那献血呢?"

想い出あずかります

"献血？"

"就是把自己的血给别人。这不是很了不起的事吗？所以把自己的回忆给别人，也应该是很了不起的事情……吧。但肯定不是坏事！而且你也说回忆是自己的东西，那既然是自己的东西，自己就有权管理。阿姨你们的道理根本讲不通。"

芽依不再纠正"阿姨"这个称呼，只是静静地说：

"血和回忆不一样。"

"怎么不一样你解释给我听听。"

"你换个角度想一下。输血，也就是得到别人的血。别人的血输入你的身体，你的血和别人的血融合在一起。但别人的回忆如果输入进了自己的脑袋，不管有多少回忆，还是什么时候的回忆，始终不是自己的回忆。"

"你说得没错。所以我也希望魔法师也能拓展她的业务。比如把哥哥的回忆都灌进我的脑子里，那样中考对我来说就是小菜一碟了。"

"中考？"

里华睁大眼睛。

"听说东京这种大城市才有中考，我们这里不是直升的吗？"

"唉，阿姨，我就说你消息不灵通嘛。明年东京的大学附属学校就要在金原市设立分校了。上了这所学校，只要成绩不是太烂，都能读大学。而且如果能考上，我们就是第一届学生，还没有前辈，也不用去处理麻烦的上下关系。"

"凭你这张嘴，如果有前辈的话，恐怕会经常被揍吧。"

"讨厌。"

"那遥斗你自己想去那所学校吗？"

"我自己当然没这个想法。只是哥哥想考那所学校的高中部，每天都在拼命学习。妈妈也就随口一说，如果我也能上稳进大学的中学就好了。"

"哎，一边说妈妈讨厌，一边又想按妈妈的期待读名校。你还真是口是心非啊，遥斗君。"

见遥斗默不作声，里华和芽依相视一笑。对小鬼的反击终于成功了。

里华又拿起一颗绿色的爆米花。她本以为是甜瓜口味的，没想到是酸爽的柠檬味。

"啊，有人来了。"

芽依指着窗户，魔法师问：

"是男生吗？"

灰猫从魔法师的腿上跳下来，跑进屋子里。

里华起身走到窗边，掀开蕾丝边的窗帘朝外挥了挥手。他俩明明看到了却没有回应。雪成和治也一路玩闹着走来。他俩双手插在口袋里，走了几步又朝海里踢了两脚，仿佛是为了给

想い出あずかります

里华展示踢球的动作。

不甘心的里华又挥了挥手。虽然她知道自己就算不打招呼,他们也不会生气。

她突然回想起去年初夏发生的事。好不容易分到了一个班,雪成却表现得很冷淡,甚至讨厌里华黏着自己。但后来情况就不一样了,隔壁班的治也以及芽依加了进来,里华的朋友圈一下子扩展成四人。雪成对这种转变表示OK,在学校休息的时候几人聚在一起也不反感。

如果治也和芽依能成为男女朋友就好了,这样大家出去玩就是两对情侣四人约会。里华看看走到门口的治也,又回身看看坐在沙发上的芽依。他们两个真是挺配的,只是芽依依旧对里华之外的人心存戒备,恐怕不会让治也轻易走进自己的心房。但她也发现,经过一年的相处,芽依在心中架起的水泥墙已经变成了木板墙。

"大家好!"

见来了两个陌生的男孩子,遥斗低下了头。哈哈,对我们敢阿姨长阿姨短的,但看到比自己年纪大的男生就变乖了。见里华又要发难,芽依发起善心对遥斗说:

"遥斗君不认识他俩吧。这是雪成君,他和我是同班同学,也是里华的男朋友。这是治也君。"

遥斗端坐在沙发上仰视着打量两人。芽依继续介绍:

"对了,遥斗君,你踢足球吧。这两个哥哥也是足球部的。"

"足球部"这个词就像个开关似的,遥斗听到后立马站起来朝他们点点头。

"好啊。"

雪成看了一眼遥斗,向他很随便地打了声招呼,然后拿起绿色的爆米花放进嘴里,顺势坐到芽依的边上。

"哇,我还以为是蜜瓜口味呢,原来是柠檬的,好酸。"

为什么不和我坐?里华刚想把不满摆到脸上却挤出笑脸说:

"我也是这么想的。"

✡　✡　✡

从上午十点到下午三点,补习班进行封闭模拟测验。好不容易过个暑假却要受这种罪真可怜。遥斗接过老师发的测验答案,看也没看就扔进包里。他知道对答案这种事对自己来说只会打击信心。

他没告诉妈妈三津子今天要考试。一般暑假补习班要晚上六点结束。遥斗下课后打算去车站购物街那家名叫"荷鲁斯"的快餐店打发时间。如果去站前的商店街或许会碰见买东西的妈妈,所以特意选了反方向。荷鲁斯经常有小学生光顾,他一

想い出あずかります

个人去也不会引人注意。

有小路能直接走进车站内那条南北通透的购物街。但为了保险，遥斗还是绕了个大圈。在终点站下车后，他利用行道树做掩护，小跑着进入车站。遥斗的爸爸满是鲸崎站的站务员，所以有时候会在车站附近晃悠，遥斗为了不被发现只能谨慎小心。

车站内的购物街除了荷鲁斯还有一家便利店、一家文具店和最近刚开的咖啡馆。听说店主是一个在东京咖啡馆工作过的三十五岁女性，她回老家后也开了一家咖啡馆。那家店的菜单上都是什么金枪鱼鳄梨盖浇饭、青咖喱鸡肉饭之类在鲸崎当地从来没有见过的料理和点心。

这种店恐怕开不长吧，遥斗看着招牌想道。大白天里面却没几个客人。其实要过了晚上七点等人们下班后，餐饮店才会热闹起来。不过身为小学生的遥斗是不会知道这个道理的。

咖啡馆旁边就是荷鲁斯，遥斗正打算进去，却突然停住了脚步。

嗯？咖啡馆的后门附近有一对男女正在说话。女人扎着黑色的围裙，貌似是店员，很像在当铺里经常碰见的芽依。但她把头发扎了起来，看上去像大人一样。男人是上次在当铺里第一次见的足球部高中生，好像叫雪成吧，是里华的男朋友。遥斗躲在电线杆后面，探出脑袋偷偷地观察他们。后门在咖啡馆的右侧，门前栽种着几棵灌木。两人大概觉得不会有人看到他们，所以聊起天来也没有顾忌。

的确是芽依，遥斗确信。只见芽依背朝咖啡馆的后门，向后退了一步，雪成却猛地向前，把她逼得靠在了门上。接着雪成把双手撑在芽依脑袋的两侧，芽依无处可逃。

哟，是要接吻了吗？遥斗探出身子。

"为什么？"

芽依颤巍巍地问道。

"你背着里华和我说这些，太过分了。"

"我只是说出了自己的真实感受。"

芽依看着他的眼睛，叹了一口气。雪成放下双手，芽依倏地转过身去拉门把手，想要开门，但雪成又伸手把门按住。

"如果你打算逃的话，我们就到厨房里继续说。店长在也没关系。"

芽依放下双手垂着头。

"雪成君，你为什么要这么做……"

"我怎么了？"

"我们四个人的关系一直挺好的。我本来只想和里华一个人交朋友，但后来通过她又认识了雪成君和治也君，大家一起玩也变成了好朋友，我很开心。"

"是啊，我们四个总是在一起玩。在这一年里。"

想い出あずかります

"嗯。"

"但你知道这是为什么吗?"

"啊?"

"因为我不想和里华两人单独相处。"

"为什么……"

"因为我早就不喜欢她了。"

"你不能说这样的话。里华太可怜了。"

"但我觉得里华也察觉到了。"

"什么……"

"她应该知道我已经和她慢慢疏远了。"

"太过分了……"

芽依说着捂住了脸。

"我头有些晕……"

"你没事吧。"

说着雪成按住了芽依的额头,想看看她有没有发烧。

"你想说我的出现才是你们分开的原因吗?"

"是的。"

"但你之前不是说过,中二的时候,是雪成君先告白的。那应该是你先喜欢里华的呀。"

"那时候身边也没有别的女生,觉得里华是最合适的。"

"是这样吗?"

"但升了中三后就不一样了。出现了让我觉得更好的女生。"

"啊?"

"进了高中后,更高级别的女生又出现了。"

"给女生分等级,你这个说法有点……"

"我只是说得比较直白,大家应该都是这么想的。我们班里不是也有那种分合像闪电一样快的家伙吗?我觉得那样做才对两人都好。"

"但我讨厌那样……"

"里华也是,我明白,但我也不是绝情的人,所以一直持续到现在也没有分开。可最近我才意识到,这样做其实很违心,而且也快到我的生日了。"

"过生日怎么了?"

"我想和自己真正喜欢的人一起过生日。这个想法很正常吧。"

"但以后还是会变的吧?等你毕业了,上了大学或者工作了,去了别的地方,会出现级别更高的女孩子,那时候你要重蹈覆辙吗?"

"我不否认。"

"我觉得你这样做很渣。"

"但芽依你是学校里最漂亮的女生,四个人一起玩的时候性格也最好。所以我觉得以后或许不会再碰到比你更好的女生了。"

"你也不敢肯定是吗，说明还是有可能碰到。"

"能不能碰到就以后再说了。我现在只想认认真真地和你交往。"

雪成再次撑起双手，想把芽依逼到墙边，不让她逃走。芽依蹲下来想逃，但雪成也伸着两只手蹲下不让她走。芽依没辙了就说：

"雪成君你只考虑你自己。"

"那些口口声声说理解别人的家伙才是骗子呢。"

雪成的脸突然逼近芽依。这总该亲下去了吧。遥斗也蹲下来和他们处于同一高度。

因为太过专注，遥斗都没发现又来了一个人就站在他的身后正弯着身子往里看。

"我一直把雪成君当成普通的朋友。"

"嗯。"

"但今天的事让我开始讨厌你了。"

听芽依这么说，雪成松开双手哈哈一笑。

"我是开玩笑的。"

"啊？"

"就算我想做我自己，但在学校里做出抛弃女朋友，然后向女朋友的闺蜜告白这种事可是会被大家鄙视的。那以后我在学校里可没脸混下去了。"

吓死人了，芽依露出惊魂未定的表情。

"所以就留到毕业后再说。"

"啊？"

"保持现在的状态，我继续和里华交往。反正毕业后我们四个会各奔东西，我和里华自然也没办法继续交往下去，和平分手，谁也不会受伤。如果那时候我还喜欢你的话，会再来找你的。"

"你还是别来的好……"

"或许，里华也希望这样。"

"哎？里华她怎么会？"

"因为她总是对我说：'芽依只会对我说真心话，她总会下意识地在别人面前筑起一堵墙。真希望能出现一个打破这堵墙的人。'如果我能凿开你的心墙，算不算达成了里华的期望？"

"你……"

"你是不是想说别自以为是？但留给我的时间还有一年半，我也不敢保证在一年半后还喜欢着你。"

"雪成君你别做没用的事了。我是不会喜欢上你的，我谁也不会喜欢。"

"你说谁也不喜欢，难道是打算一辈子都不谈恋爱？"

雪成又凑近她的脸。芽依睁大眼睛看着他。两人的视线相交。遥斗听到了身后有响动，转身一看，是一个和芽依差不多

想い出あずかります

大的"阿姨"。她右手握着手机,匆匆忙忙地跑开了。遥斗没见过她,只是觉得她长得很高。

"我不会对里华说的,雪成君你居然是这样的人。"

两人又开始说话了,遥斗把注意力转回咖啡馆的后门。

"不要再来找我了。"

芽依站起来,这时刚好有人推开后门,门扉碰到了芽依的后背。

"啊,有人啊。你在做什么啊,白土同学?"

一个貌似咖啡馆店长的女性走了出来,芽依向她低头道歉说:

"十分抱歉,耽误了一点时间。"

"可不是一点哦,你可耽误好半天了好吗?"

被吐槽的芽依不得不赔着笑脸走进店里。两人交谈的这段时间里还是第一次见她笑。她也没看雪成,"啪"地一声关上了后门。

再不走就要被雪成发现了。意识到这一点的遥斗慌忙离开,跑进荷鲁斯。刚才站在自己身后的那个阿姨,正坐在入口处的两人餐桌旁。她看见遥斗,微微一笑,仿佛是在向共犯问好。遥斗不明白她笑的意思,只能跟着笑了笑。

✿　✿　✿

终于下课了。老师刚走下讲台，里华就已经出了教室。学校里一节课五十分钟已经够长了，想不到预备学校的暑期讲座竟然有七十五分钟。不过总会习惯的。只是在学校里还有芽依和雪成能一起扯扯皮，但他们两个都被父母送去了补习班，因为马上就要读高三了。

楼下治也应该还在上课，里华想去瞧瞧便往楼下走，突然发现身后有人在叫自己。

"喂喂喂，别不理我啊。"

"啊？什么事。"

"我有很重要的事情对你说哦。"

回头才发现，原来是沙良。沙良这个名字也是她隔了好几秒才想起来的。上次见到她是很久以前了。好像就在替芽依出头的时候和她有过接触，此后两人就算见了面也不会打招呼，更不用说聊天了。那个老大一样的杏奈，里华倒是没忘，至于沙良这个跟班则被她放进了记忆的角落。

两人明明不熟，沙良会有什么"重要"的事对我说？里华觉得她肯定没安好心，想要一走了之，但好奇心又驱使她去问个明白。大概是在新闻部待久了，我也或多或少培养出记者的素质了吧。想到这里，里华便朝她笑了笑。

想い出あずかります

看见这个表情,沙良觉得里华已经放下戒心,便凑近她的耳朵对她说:

"我们都觉得这件事永泽同学还是不要知道比较好。但回头一想,觉得你被瞒在鼓里实在太可怜了。"

"你们?谁啊?"

"杏奈、京香,还有小春。"

"我不知道什么事?"

"这个嘛……"

"什么事啊?快说!"

"在这里说恐怕不方便。"

沙良故意扭了扭身子,现在向她身上撒把盐的话,她大概会像蛞蝓一样化成水吧。

"其实不是我看到的,是杏奈。"

"看到什么?"

"车站有家快餐店叫荷鲁斯你知道吗?下课后一起去喝东西吧。"

"可以是可以……"

"那就说好了,下课后去你教室找你。"

"嗯……"

沙良那满含意味的笑容让里华很在意。虽然也可以无视她直接回家,但她就是很想知道杏奈究竟看见了什么。按自己的性格，恐怕没办法不去弄清这件事。

"我要去朋友家做作业。"给家里发完短信后，里华和沙良朝荷鲁斯走去。临近盂兰盆节，家家户户都忙着做准备，所以店里的客人也不多。她们走进店里就看见正在招手的杏奈。

杏奈的身边坐着京香和小春，再加上沙良，里华被她们四个围坐在中间，但奇怪的是她并没有感到压力。

沙良先开口说："把你叫过来真不好意思，让我请客吧。"然后给里华买了杯橙汁，还是大杯的。里华吃人嘴短，也不方便一上来就问她们的目的，只能默默地先吸几口橙汁。

沙良朝杏奈递了一个眼色，杏奈点点头说：

"永泽同学，其实上一次你替芽依出头的时候我们就想告诉你这个女人有多坏。但那时候你好像很信任她，所以我们就没说。现在发生了这种事，我们觉得有必要对你说清楚，不要到最后所有人都知道却只有你一个像傻子一样。"

"到底是什么事？"

有话快说！有……如果杏奈是只鱼鹰的话，里华恨不得抓住她的脖子，让她把嘴里的鱼一股脑儿都吐出来。

"你是我们的同伴，我们都是受害者。"

"你到底想说什么？"

里华火了，倏地站了起来。杏奈见状忙拿出手机。

"你自己看吧，我们也不用说了。"

想い出あずかります

"啊?"

"看了这个你就明白了。"

杏奈把手机递给里华,里华接过一看。

"这个?"

手机的显示屏距离她的眼睛有十公分。她的视力不差,但总觉得自己是不是眼花了。

"这是什么……"

"荷鲁斯旁边有家咖啡馆。芽依在那里打工你知道吗?"

"我知道她在打工……但我从来没去过她工作的地方。那里的消费好像挺高的。"

"根本不高,只是一般的小咖啡馆。人均消费也就一千两百元左右。"

一千两百元还不贵啊?里华瞬间想到了这个问题,但现在不是吐槽的时候。

杏奈给她看的是一张照片。虽然尺寸不大,但她一眼就认了出来。画面上的两个人是靠在墙上的芽依和面对芽依探出身子的雪成。他俩相隔只有二十公分的距离,那种感觉就像是在拍情侣写真。

"这,怎么回事……"

"是芽依在勾引他。"

杏奈斩钉截铁地说。

"勾引……?"

"你看啊,芽依明明知道雪成同学是永泽同学的男朋友,居然还偷偷地做这种事。"

"但我感觉是雪成君比较主动……"

虽然不想承认,但里华觉得还是要冷静分析。

"这都是那个心机女耍的手段!永泽同学你一直都被骗了!"

杏奈握住了里华的手。里华有些抵触,但还是任由她握着。

"我被骗了?"

她开始重复这句话。

"你再想想看啊,永泽同学。你觉得我们欺负芽依所以很生气吧。但我们其实没有欺负她,我们只是因为她做了过分的事,所以提出抗议而已。但不管我们怎么说,她丝毫没有反省的样子,还把自己当成受害人。这种被害妄想也是她骗人的手段。"

杏奈一口气说完这些话,需要缓一缓,京香连忙接上。

"杏奈说得没错,我的男朋友也是被她骗走的。在读补习班的时候。"

"但芽依说过,她根本没有这种想法啊。是你男朋友先向她告白的。"

要为自己的朋友辩护,但里华的气场越来越弱。

想い出あずかります

"这是她的手段。'我什么也没做,是男人主动靠过来的。'她肯定这么说的吧,真是不要脸。我们换位思考一下,如果有男生喜欢你,你肯定看得出来吧。那反过来说,男生肯定也看得出女生对他有没有意思。"

"唔……"

"懂得利用对方的心理,这可是芽依的强项。频频向男人示好,却又不表现得很明显,让男生以为她喜欢自己。而且她总是把目标对准朋友的男朋友。如果她懂得和男生划清界限,又怎么会引得对方向自己告白呢?一旦被告白,她就把责任推到对方身上。你说这种做法是不是太不要脸了?她用这一套不知道已经拆散多少情侣了。真是有心机的女人!"

"不会吧……芽依不会这么做的。"

"她希望男人围着自己转,不达目的誓不罢休。你看,那些偶像不就是这样吗?养着一帮粉丝,但绝不会和粉丝谈恋爱。那个女人没偶像的命,却养成了偶像的脾气。"

说芽依有偶像脾气就太夸张了。但如果要坚定地站在芽依那边,这张照片又该怎么解释?

"能不能把这张照片发给我?"

"可以啊,我们交换下电邮吧。"

杏奈大力点点头,立马就把照片发了过来。

"接下来你想怎么办?"

沙良充满好奇地问道。

"我想直接去问芽依。"

"那个女人肯定会在你面前装傻的,然后把所有责任都推到雪成君身上。我觉得还是先和雪成君谈谈,然后一起去找芽依对质比较好。"

"唔……"

"需要帮忙的话,随时给我们打电话,当然发短信也可以。经历过这件事,我们已经是永泽同学的盟友了,那叫你里华可以吗?"

"唔……"

她并没有仔细去听杏奈说的话,只是机械性地回答,不停地点头。

✿　✿　✿

"见个面好吗?"

"干吗?"

"我有事想问你。"

"明天和治也还有芽依一起出去的时候再问不行吗?"

"我想和你单独谈谈。"

"好麻烦。"

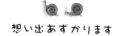

想い出あずかります

"我过来好了。"

"你来我还要和爸妈解释,很烦的。"

"那我们在之前去过的那个公园见好吗?"

"大半夜的去公园出事了怎么办,在公园外的巴士站等吧。"

✡ ✡ ✡

走下巴士就看见了一脸不耐烦的雪成。他五官拧在一起,脸上清清楚楚地写着"麻烦"两个字。里华出门前找了个"去补习班找东西"的借口,所以不能出来太久。但见到雪成她已经把时间忘在了脑后。接下来准备做的事比被父母责问重要得多。

雪君,你是不是喜欢上别人了?

雪君,你还喜欢我吗?

雪君,我一直相信你的。

估计无论说什么,都会被他一句"你烦不烦啊"给顶回来。但里华告诉自己,不能一上来就把照片拿出来给他看,不能不讲道理不听他解释。但她突然意识到,自己会这么想说明已经默认了那个不想承认的事实。真是让人又恼又气。

"可以解释下这张照片吗?"

雪成不耐烦地拿过手机，看了看显示屏上的画面。他的眼神有些惊讶，但很快就恢复常态，撇嘴说道：

"这是谁拍的？"

"不知道，反正是有人给我的。"

雪成突然开始熟练地操作起里华的手机。

"你干吗？"

"删掉。"

"为什么？"

"你想多了，这种照片肯定是有人恶作剧PS出来的。"

雪成明显是在掩饰着什么。他走进公园，里华紧随其后。

"拍的人还给我发了条短信。"

"写……什么了？"

"说拍摄地点是芽依工作的咖啡馆。"

一秒，两秒，三秒。面朝里华站着的雪成打破了沉默。

"你喜欢哪个？"

"是温情的幻想，还是残酷的现实？"

"你在说什么啊，我听不明白。我想听你说真心话。"

"你想听真话啊，不愧是在新闻部待过的人。"

雪成让里华坐在长椅上，自己站在一边。或许是一两句说不完，怕她站着累。

"读中学的时候，我在课上说的那些话你还记得吗？"

想い出あずかります

"什么?"

"有关友情的话。"

"记得。"

"那时候我就说过了吧。友情这种东西,不是想持续下去就能持续下去的。友谊长存固然是好事,但为了长存而刻意维系的友情会让人困惑。"

"唔。"

"我觉得这其实和恋爱是一个道理。"

"为什么……"

"你要我和你这么不冷不热地交往个五年十年没问题,但如果你觉得我们必须交往下去那就错了。"

"你说的,我不明白。"

"那你听好了。我不敢保证所有的男生都这样,但至少我是。看到了喜欢的女生就会有心动的感觉。这不是自己能够控制的事。你呢,也不能说长得不好看,但你自己应该也清楚,属于放人堆里就认不出来的那种类型。所以上了高中后,我碰到了更漂亮的姑娘,自然就会转移目标。"

里华猛摇了两下头,差点气晕了。

"你说的漂亮姑娘,是芽依吧?"

雪成没说话。沉默就是默认,里华瞪着他说:

"那你为什么没管她?"

"啊?"

"我告诉你芽依被欺负的时候,你不是说不要管她吗?还说因为她是美女所以才会惹上这种麻烦事的。"

"那是那时候说的话,因为我一直觉得女生是因为性格不好才会被别的女生欺负。但后来大家熟了,又经常出去玩,才知道她是怎么样的人。她没有错,那些欺负她的人只是羡慕嫉妒恨。"

"我早就和你说过的呀。后来芽依变成了我的朋友,加入了我们圈子,这时候雪君你才发现她人漂亮性格又好,是你理想中的女生吗?然后你就打算和我分手,和芽依在一起。照片里你是打算向她告白吗?"

里华又拿出手机,但想起照片刚才已经被删掉了。

"太过分了……雪君。"

"我不想解释。"

"你不敢说。"

"我还能说什么,你都替我说完了。再说也是你想听真话的。"

"那怪我咯?"

这一点都不好笑,里华却仰天大笑了几声。一秒后,她突然想起还有个重要的问题没问,于是板起脸说:

"那芽依呢?"

想い出あずかります

"我不想知道她的答案。"

"什么意思?"

"我只要把心意传达给她就足够了。"

"你是说芽依拒绝了?"

这才是里华最想知道的。

"如果被闺蜜的男友告白,一般女生都会保持缄默吧。"

"保持缄默……"

"既然说到这里我就顺便提一句:芽依不讨厌我,从一开始就看出来了。"

"嗯。"

"她总是会偷偷地看我,我想那是对我有好感的意思。"

"怎么可能……"

里华想起杏奈说过的话。她说这都是芽依的手段。

"也有那种明知对方对自己的好感度为零,仍奋不顾身的家伙。但我是不会去做自虐的事的。"

"你是说芽依顾忌你是我的男朋友?"

"或许吧。"

的确,芽依对治也毫无兴趣,但每次四人一起出去的时候,她都表现得很开心。如果她中意的人是雪成,那就说得通了。里华暗忖。

无论是四个人一起去看足球比赛、一起去看电影,还是放学回家的时候在便利店买东西吃,在里华看来都是很开心的事儿。但芽依和雪成就不同了,或许只有他俩高兴的点不一样。

里华坐不住了,她走到运动场上的体操架边,想一屁股跃上体操架,结果高度不够,差点摔得嘴啃泥。以前能做到的事现在却做不到了,这都是时间带来的改变吗?

"如果芽依没有出现,你还会爱我吗?"

里华问道。其实她想看雪成回答时的反应。

"爱你?"

雪成苦笑。

"这根本不是爱。"

"啊?"

"等哪一天我们长大了,才会遇到真正的交往对象。或许人一辈子只能'爱'一次吧。等哪天你能毫不犹豫地说出'爱'这个字,他才是你要等的人。"

"你等等,你是说……"

这是要吵起来的节奏。里华目不转睛地盯着雪成的脸。他依旧是一脸无所谓的表情,口气就像是在给里华解说二次函数问题一样不容置疑。

"你从来没有把我当成真正的交往的对象?那你为什么要和我交往?反正总是要分手的。"

与里华强硬的表情形成了鲜明对照,雪成的脸上透着浅笑。

想い出あずかります

"那我要反问你了,你爱我吗?你把我当成真正的交往对象了吗?"

"那……那是肯定的吧……"

为什么会心虚?里华崇拜敢于直抒己见的雪成,觉得这家伙一本正经起来还真帅。但她也知道,"崇拜"这个词在字典里并没有"爱"的含义。

"我觉得你从来都没有那样想过。"

"哎?"

"你连'我喜欢你'这种话都没有对我说过。"

"哎?不会吧。"

"那你什么时候,在哪里说过?我是想不起来。"

里华开始反复回忆这三年来的点点滴滴,雪成则看着答不上来的她一脸苦笑。

"你觉得不管过五年还是十年,好朋友就一直是好朋友。所以你觉得和我这样一直交往下去也是一种义务。万一分手了就是自己的失败。"

"义务……"

"你说说看,你喜欢我哪一点?说啊。"

"这……现在我们都这样了,你让我怎么说得出来……"

见里华低下头,雪成的态度也变得温和。

"你不需要为此感到内疚,这种事是相互的,也是为了将来的练习。"

"将来的练习……"

"总有一天,你会遇到你的真命天子,但那个人肯定不是我。"

体操架旁有一颗不知道是谁放在那里的皮球。雪成捡了过来,用双脚来回颠球。

"我,那种事……"

里华看着雪成,真想冲上去把他脚下的球一脚踢飞。

一个穿紫色运动服的男人从公园门口跑进来。他大概在夜跑,路过两人身边时,瞅了瞅他们还吹了声口哨。不知道此时的雪成和里华给他留下了怎样的印象。

"如果没有上清川高中就好了,如果没有遇到芽依就好了。"

也不知道在这里站了多久,感觉脚有些酸疼的里华朝秋千走去。她坐下,但不想荡起来,任由双脚垂在地上,座椅轻轻地晃着。

雪成一边颠着球一边靠近秋千。两人就这样不说话,持续了三到五分钟。"砰,砰,砰!"皮球弹跳的声音单调响亮。

大概是等自己先开口吧。意识到这一点的里华说:

"那我们只有分手了。"

"真的?但我现在和芽依也不会有什么发展,我们就像以

想い出あずかります

前那样也没关系。"

"不可能了。哪有都说了不喜欢还能继续交往下去的人。"

"是吗？其实大部分情侣都是没那么喜欢却在继续交往的。"

"我讨厌这样。"

"有什么说什么的个性你倒是一直没变啊。"

该说的都说完了，里华起身跑了起来。她听见远处有引擎发动的声音，应该是巴士快到站了。再不回去要被说了。背后的动静她也听得一清二楚，却没有听见追赶自己的脚步声。

☆　☆　☆

里华悄悄地叹了一口气，倒不是怕给谁听见。

红色绿色的烟花在夜空中绽放，巨大的响声让身体也感到微微的颤动。接下来是金色的"菊花"升空，一旁的雪成和治也张大嘴欢呼。

"哇……！"

三天前两人已经分手，只是里华把鲸崎烟花大会的事儿给忘了。鲸崎本是个没什么钱的小镇，但还是花大力气举办了这次活动。四五百发烟花升空绽放的确很壮观。这也算是这一带最热闹的活动。

本来两人都分手了，不应该四个人再凑在一起出来玩。但这件事里华对谁也没说。昨天晚上，四人正在群聊明天几点在哪里集合的时候，"我不去了"几个字都已经打出来了，却在按下发送的刹那，里华犹豫了。

"惨了，浴衣松开了。"

芽依按着胸口对里华小声说道。要是以前里华肯定会说："那怎么行，快去厕所里系紧。"然后拉着芽依一起去厕所，但今天里华只是"嗯嗯啊啊"地适当附和几句。

芽依站起来说：

"我找个地方去系一下。"

粉色牵牛花盛开图案的浴衣，高高盘起的发辫，线条纤细柔美的脖颈，怎么看都是为吸引男人而精心准备的。难道浴衣带子松了也是她刻意为之的手段之一？

"芽依你去哪儿？"

治也转过身问道。

"浴衣的腰带有点松了，我去系一下。"

"你一个人去会被醉汉缠上哦。"

治也一脸"拿你没办法"的表情站了起来，指指摊位的角落说："那边怎么样？"便带着芽依去整理浴衣。

原来四人关系融洽只是错觉，其实两个男生都把重心放在芽依身上，自己只是个附属品。想到这些里华心头一堵，有种

想い出あずかります

想吐的感觉。可要吐似乎也没什么可以吐的,从早上到现在,胃里只有刚刚随便吃的几口抹茶味刨冰。

治也和芽依走开了,只剩下里华和雪成两人。

"要说你说哦。"

雪成抬头注视着不断蹿入空中的连发烟花小声嘟囔道。

"我可不想当坏人,不然传出去会被人戳脊梁骨的。最近那个艺人和她的外国老公不就是吗?"

想来想去,人家还是不想和你分开……这种酸溜溜的话里华可说不出来。又一朵烟花在夜空中绽放,里华脑子突然冒出个点子。

"行啊,其实不说也没关系。"

她元气十足地说。

"啊?"

雪成转过头,他今天还是第一次正眼看里华。

"把回忆消除就可以了。"

"消除?"

"对,把和你聊天的回忆,一起吃便当的回忆,一起去买甜甜圈的回忆,全都去当掉。"

"但是这样……"

烟花炸出一个巨型的圆圈,照亮了雪成的脸孔。他的表情看上去有些严肃。

"你要全部忘掉,有关我的一切?"

"想忘的都忘了吧。如果全忘光的话就太奇怪了。有关四个人的回忆我会保留。这样的话,我们就一直是和谐的四人组啦。不是恋人,从一开始就是朋友,这样的话我也不会难过,大家能一直相处下去。"

"我渴了,我去买点喝的。"

不置可否的雪成转身去买饮料。开始放水中烟花了。烟花在水面上像一把扇子似的展开,照亮了漆黑的水面。

魔法师应该也看得到这些吧。

里华迫不及待地想要去见她。

✿　✿　✿

"您很失望吧,还是惊讶结局竟是这样?"

里华问道。魔法师莞尔一笑说:

"都没有。"

"那您是怎么看的?"

"只是觉得有趣。"

"有趣?"

"人类还真是不可思议。明明是自己的情感,却无法控制它,反而会受其影响产生烦恼。"

想い出あずかります

"都让人烦恼了,就不有趣了吧。"

松鼠跳到里华的身边,大尾巴挥来挥去好像很不满的样子。大概是里华一直没吃它拿来的饼干和冰红茶,所以不高兴了。

啊呀,真没办法。里华只得拿起一块饼干塞进嘴里。

"补习班也没兴趣去了。但我知道必须狠命读书才行,因为我想离开这里,去很远的地方读大学,远离雪君和芽依。"

"是吗?"

"但如果我没考上的话,就得留下当重考生。"

"是这样吗?"

"唉,这些都是后话。还有一年半才毕业呢。但再让我维持这种古怪的关系,人都要疯了。"

"这的确挺麻烦的。"

"所以把回忆当掉的话,就能忘记不好的事了,和他们三个的关系也能维持下去,这样对大家都好。"

"或许就像你想的那样。但之前芽依来做同样的事,你可是强烈反对的啊。"

魔法师这么说绝不是在责备里华,但她的话却刺到了里华的痛处。里华皱着眉头说:

"我和她的情况不一样。是雪成先背叛我的。不光如此,连好朋友也背叛我。"

"背叛?"

"我刚才说过了呀。您没听见吗?"

"当然听见了,听得很明白。"

"那您应该知道啊。雪成喜欢芽依,芽依其实心里也喜欢雪成。我就像个小丑一样,被他俩给骗了。"

"我是不能理解喜欢、讨厌这一类感情。所以我也无法否定你的看法。只是……"

"只是?"

平时只会用"是吗""这样吗"之类的话来应和的魔法师居然会提出不同的观点,实属难得。里华觉得这个时候来找魔法师商量真是找对人了。虽然很渴,但她还是放下了手里的杯子,专心听魔法师说话。

"背叛并不是人类的情感而是行为对吗?其实你并不能确认她背叛了你对吧?"

"您是说……芽依可能没有背叛我?"

魔法师没有直接回答她的问题,而是盯着玻璃杯外侧凝结的水珠。她伸出食指指向水珠。水珠脱离杯壁,变成一个个串珠似的泡泡飘浮在空中,泡泡首尾相连变成了一只透明的大毛虫来回蠕动。松鼠跳来跳去和那只毛虫玩得很开心。

里华吹了一口气,那只爬到她身边的透明毛虫就烟飞云散了。

"恐怕我永远也不会知道真相。假设我直接去问芽依,请

想い出あずかります

她告诉我她对雪君的看法,她说了以后,我也无法判断她说的是不是真话。魔法师,这世界上有没有读心术啊?如果有的话希望您能教教我。这样我就能知道正确答案了。"

魔法师又伸出食指去触碰杯壁,结果杯子里的冰块开始散发光芒。

"别玩了,快说呀。"

魔法师缩回手指,抬起头说:

"你要的正确答案,我有啊。"

"啊!什么意思?"

里华倏地探出身子,左手碰倒了玻璃杯,但里面的红茶和冰块却没有洒出来。魔法师看也没看就伸手把杯子扶回原位。平时里华肯定会拍手称道"魔法师好厉害!",但这次她只是重复刚才的问题。

"您说知道答案是什么意思?"

"最近遥斗君来过。"

"遥斗?遥斗君怎么了?"

"他来当回忆。"

"所以呢?"

"他说:'我看到了一件非常有意思的事情,魔法师肯定会喜欢的。大人的世界还真是复杂啊。'遥斗君来当的回忆,是在咖啡馆后门看到的事。"

"啊……！"

"你说过，他们两个在咖啡馆后门见过面吧。"

"是，是的。一起上补习班的人给我看了她拍的照片。遥斗当时肯定也在场。他把这段回忆当给您啦？"

"是啊。"

"那您是知道他们当时在说什么，所以觉得芽依不是坏人？"

"怎么样才算好人，怎么样才算坏人我可分不清。"

魔法师的一个"闪身"晃过了里华的"直击"，里华恼了。

"啊呀，我的意思就是芽依没有背叛我咯？"

魔法师笑而不语。

"也就是说，这都是雪君单方面的想法，芽依根本就没想过这事儿，也从未打算背叛我？"

魔法师依然沉默，里华故意咳嗽两声说：

"那个，魔法师。"

"什么？"

"您可能还没有接过这样的业务，您看我付您钱好吗？可不可以让我看一下……遥斗君当掉的回忆？"

"你想看？"

"想！非常想！因为这段回忆不是谁想象出来的，也不是当事人的杜撰，而是遥斗君这个旁观者亲眼所见的事实。如果

想い出あずかります

您允许我分享他的回忆,那我会接受现实,也会少一些烦恼。再说了,如果芽依没有错,那我也不会失去一个好朋友。这样一来,我们还是会像以前那样经常来您这里。不是吗?"

魔法师起身走到壁炉旁,从一排文件夹中抽出最右边的一本。之后她就站在壁炉边上,里华站起来走到她的身边。

"这个文件夹,应该只有魔法师才可以看吧。人类也可以看吗?"

"你想看的自然能看到。"

"太好了。"

"但这样真的好吗?"

"为什么这么问?"

魔法师似乎有些担心,她的眼睛变成了和她身上那条长裙一样的淡紫色。

"只要看过这些文件,你就不再是人类了。"

"啊,怎么会这样?"

好像有蜈蚣爬上了背脊似的,里华抽搐了一下后退半步。

"你想多了,没那么严重。"

魔法师苦笑着说。

"我不是说你看过就会变成像我一样的魔法师。但你一旦看了人类本不应该看的东西,就超越了自身的能力。就算能解决你目前的问题,你也再也回不去了。"

"回不去?"

"你看,如果再有问题出现,或许你还会来找我,求我让你看文件夹。"

"不会这样的。"

里华断言道。

"我这辈子再也不会碰到比这更烦恼的事了。"

"是吗?"

魔法师歪着脑袋陷入沉思,银色的卷发轻轻摇曳。

"我觉得人类非常有趣,他们在分分合合的同时会产生各种各样的误会。比如遥斗君非常讨厌妈妈,但他的妈妈未必不喜欢遥斗君。还有,你来采访我,结果老师根本不相信,还以为你是在编故事。人类总有他们不知道也无法理解的事,如果都能通过文件夹获知真相、了解事实,那人也不能称之为人了。"

"但是……"

"之前也有过类似的情况吧。雪成君拜托我去找撞倒他曾祖母的车。可我也说过,如果我那么做了,那这个事件就是用魔法解决的。一旦开头就无法停止。只要我想做,或许可以把那个犯人流放到世界尽头。但我没有那么做。尽管我有超越人类的能力,但还是觉得不能轻易去使用这种力量。"

"但是……"

"你刚才说这辈子不会再碰到比这更烦恼的事了。会不会

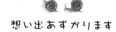

想い出あずかります

再碰到我不知道,但如果碰到了,你一定会去寻找超越人类能力的方法来解决。"

里华想说不会的,但没有说出口。她也知道今日的烦恼和未来的相比,或许不值一提。

"如果你真想看,我希望你要记住一件事:在二十岁之前,我可以让你看,但只限二十岁之前。"

"那么……"

里华注视着魔法师的眼睛。淡紫色的眼眸仿佛要将她的灵魂给吸进去,里华将目光转向文件夹的封脊。

"不如在我二十岁生日的时候,把我用文件夹解决问题的记忆全部都消除掉。这样一来,魔法师您也不用担心了。"

里华觉得自己找到了解决的办法,但魔法师却摇摇头说:

"就算再怎么消除,你的身体中还是会残存着一些碎片。以后你遇到问题了,肯定首先想到的是,应该有更简单的方法来解决吧。长此以往……"

"您是说我会因此变得越来越消极,并且习惯性地回避问题吗?"

"因为没有先例,所以具体会怎么样我也不清楚。"

"到那时候魔法师就不能再次出面,帮我恢复到原来的状态吗?"

"过了二十岁就是大人了,你怎么样和我没有关系。"

里华忍不住想挖苦几句"好吧好吧,我是死是活都和您没关系",但还是闭上了嘴。她走到门口打开门,暖风涌入室内。

她想起包还放在沙发上,所以没有马上走,而是眺望着远处的海面。

"啊……"

平日里只能隔海相望的鲸岛与海岸间竟然出现了一条两百多米长的石桥。里华想去看看。

鲸岛是个绕一圈只要七八分钟,海拔三十多米的小岛,东面生长着松树和芒草,西面则有个聚光器似的大坑。

走过石桥的里华,沿着石路爬到了岛屿最高处,坐在大坑里。今天出门的时候忘了擦防晒霜。天上的日光,海面的反光都聚集在坑里,继续坐下去简直是自虐,但里华没有要离开的意思,就这么一动不动地坐着。她任由汗水喷涌,一边拿手帕擦汗,一边注视着无边无际的碧波。

过了一会儿,落日西沉,阳光被对面半岛的山体遮挡,里华的汗也止住了。紫色的夜空低垂,繁星点点。

里华感觉有人来了,回头发现是貌似刚刚上来的魔法师站在身后。她看了一眼魔法师,又把视线转回大海。魔法师静静地坐在她的身边,淡紫色的裙角发出窸窣的摩擦声。

在天空的映照下,海面也变成了深紫色。

"哎?"

想い出あずかります

仿佛看到了什么，里华突然抬起头。一颗颗银色的星，从紫色的海底依次浮了上来。里华还以为是天上星星的倒映，但天空中只有稀稀拉拉的两三颗。海底逐渐上浮的星光越来越多，成百上千，数之不尽。这些聚集的光粒就像站在山墙上俯瞰的城市灯火，开始在整个海面上闪耀。

魔法师轻声说道：

"这些是我沉入海底的海星。"

"都是过了二十岁后没有来赎的回忆变成的吗？"

"是啊。"

水色由深紫变成蔚蓝之时，海星又静静地沉入海底。

里华对着海面自言自语道：

"其实我都明白。"

"是啊。"

魔法师的轻言柔语仿佛一缕轻纱包裹着里华。她觉得很安心，便继续说：

"魔法师女士，人类是有骨气的。"

"是的呢。"

"即使看不到，想看的话还是能看见的。"

魔法师微微地点点头。

"芽依是我的朋友，不管是五年、十年，就算过了五十年也是我的朋友。"

魔法师忽然抱住了里华的肩膀。
"好,我们回去吧。"
里华感受着她手的温度。
"不要,我要一直待在这里。"
偶尔也要任性下才好。

想い出あずかります

六

这是个三公分积雪迟迟不化的早晨。走进东京文科大学附属金原中学・高中那庄严的校门，就看见中庭里已是熙熙攘攘。遥斗加快了脚步。

"走慢点。"

母亲三津子忍不住嘱咐道，但连她自己也跟着跑了起来。教师办公楼大门旁的黑板下面聚集着一群小学生和他们的家长。黑板上贴着几张高级铜版纸，上面印着这次考试合格的录取号码。遥斗不禁感叹，不愧是东京的大学附属学校啊，录取名单外面还专门镶上了特制的塑料框，看上去就很高大上的样子。

前面人挤人，站远了又看不清。遥斗拿出自己的准考证，虽然不看也知道，但他还是想确认一下。97号。

"怎么了？你不是说很有自信吗？"

大概是怕孩子紧张，三津子拍了两下遥斗的后背。他倒不是没自信，不对，应该说是很有自信，感觉实战时的发挥水平就和在补习班里模拟考的一样。模拟考的成绩有A，换言之，合格的可能性有百分之八十。他把自己的预测告诉三津子，所以刚才三津子小跑的时候透着一股子兴奋劲儿。

遥斗穿过人墙，向黑板靠近。身边那些人都傻呆呆地站着，也不知道他们是考上了太高兴，还是没考上太失落。

"哎？"

有点小紧张。从80号开始，他就竖起手指一个个往下数。等走到黑板的下面时，他也刚好数到90号。

92、93、95、98。

他并没有马上陷入落选的失望中，反而先怀疑起误判的可能性。是不是有人搞错了？应该是97号的，结果却稀里糊涂地写成了98号。

"真可惜啊。"

遥斗听到了三津子的声音，不知什么时候她已经站在儿子的身边。

"有什么可惜的，肯定搞错了！"

"你不想也没办法，难道是答题卡上忘了写名字？"

想い出あずかります

"怎么可能！"

"那就是你马虎了。"

"我没有！"

肯定能考上的，考完他就有这种感觉。如果结果真的和感觉有如此大的差距，遥斗就要开始怀疑自己的能力了。

"能不能去事务所问问，我想看看自己的卷子，确认一下分数。"

"这又不是模拟考试，怎么能想看就让你看。"

"新闻上不是经常报道这种事吗？考生确认后，发现明明合格的卷子变成了不合格。最后相关负责人还要向考生道歉。"

三津子拉着他的手，走到中庭的长椅边坐下。长椅上的雪已经化了，但还没干透，残留着水迹。三津子看了看水迹，对一旁的遥斗说：

"遥斗，你必须接受现实啊。"

"但是……"

"妈妈也很吃惊。这还是我第一次来看落榜的成绩呢。"

遥斗马上明白了妈妈的言外之意。去年大和参加中考，顺利地考上了第一志愿清川高中。

"我就说干吗要来现场看嘛，本来网上查查就行啦。"

三津子一边叹气一边拿出手机发信息。她的丈夫还在鲸崎站的办公室里焦急地等待结果。

肯定是批卷的人搞错了，肯定是！遥斗还没放弃这个念头。但如果这座崭新的校舍想将自己拒之门外的话，再执着下去亏的就是自己了。发觉到这一点的遥斗只能牵强地说：

"唉，算了，考不上也挺好的。反正笃史和曜介他们上的都是公立中学。要花一个小时来回也挺麻烦的。"

"你能这么快就想通也挺好的。只是上补习班的钱就浪费了。为了你我都没参加去年的同学会，新裙子也泡汤啦。"

三津子顺着杆子往上爬。就在感到失落的那一刹那，遥斗小声说了一句连自己都没听见的"是吗"。

✡　✡　✡

"一共五百九十七元。"

男性收银员报出金额，遥斗愣住了。倒不是男收银员少见，只是末尾的那个九十七让他很在意。他有种把买的铅笔和笔记本都退回去的冲动。

"快一点，还有很多事要做呢。"

这家大型购物中心位于金原市和鲸崎町的中间，设施齐备，拥有一个巨大的停车场，从餐饮到服饰，还有超市、园艺店一应俱全。因为离住的地方有点远，平时也只有开车或者坐巴士来。遥斗家平均一个月或两个月来一次，对他们来说购物也是

想い出あずかります

一次家庭活动。

上高中后大和很少和家里人一起出门,不回家吃饭的次数也比以前要多,但来购物中心他倒一次也没有缺席。

"接下来要买……什么来着?你说要买新衣服是吧。那就快点吧,不然爸爸和大和要等我们啦。"

父亲满正在影像制品店找 CD,之后要去杂货店找做木匠活儿的工具,这是他的爱好之一。大和则一边看着新品手机的宣传单,一边漫无目的地四处闲逛。

遥斗很清楚随便买衣服的危险性。杂志和游戏软件只要藏起来就没事,但如果被父母发现他穿着没见过的新衣服,肯定会追问钱的出处。

"这里。"

遥斗带着三津子走进刚才他看中的一家店。

"迷彩色?"

不出意料,三津子果然进店就皱起眉头。迷彩的 T 恤,迷彩的短裤……店里所有的服装都是迷彩的。

"还是算了吧,你穿肯定不好看。还是刚才那家店比较好。"

说罢三津子就走了出去,连头也没回。妈妈不容置疑的语气让遥斗很懊恼,但既然有求于人也没办法,只能跟上去。两人进了妈妈喜欢的店,开始选衣服。

"你看,这件 POLO 衫很不错吧。"

这是家专卖高尔夫服饰的专卖店。妈妈说的那件蓝底白条纹的衣服，遥斗觉得只有大叔才会穿。

"我不要，这种衣服。"

"这么好的衣服干吗不要？"

要问有什么好的，三津子恐怕能说出一百个优点。反正在这方面遥斗从来就没有说过妈妈。

"那我还是买个包算了。"

"哎？你不是说包无所谓吗？"

遥斗就读的鲸崎中学校规很严，但没有指定学生必须用什么包。遥斗本想继续用小学的包，但如果一定要买大叔穿的POLO衫的话，他宁可用这个钱去换一个新包。

"中学和小学用一样的包，想到就觉得丢人。"

"那你用哥哥那个不行吗？"

"为什么我上了中学还要用别人剩下的东西啊？！"

怒火突然蹿了上来。为什么会这么生气呢？遥斗感到很意外。这让他联想起发烧时想吐连忙捂住嘴的感觉。

"妈妈……你一直都不喜欢我是不是？"

遥斗一转身走出自动门。四月初的空气还凉飕飕的，遥斗披上拿在手里的夹克衫。他想发散一下刚才的怒气，便不停歇地往前走着。

"等等，你刚才说什么？"

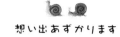
想い出あずかります

听见三津子的脚步声,遥斗安心了。如果妈妈随他去的话,他会更难过的。刚才直呼"妈妈"为"你",让遥斗感觉自己稍稍长大了一点。

"你总是关心哥哥。真不好意思,反正我是个连考试也考不好的笨蛋。"

右边是停车场,虽然楼顶上也能停车,但这里有遮雨棚,而且离建筑物比较近,所以来买东西的人都会选择在这里停车。一辆灰色的箱车朝遥斗所在的位置开过来,大概预感前面的孩子有乱跑的危险,车子不停地按着喇叭。箱车驶上左边通向公路的专用车道,车道旁边没有供人行走的地方,遥斗却往那里跑去。

"等等,你别跑!危险!"

三津子尖锐的叫声仿佛一杆标枪直插遥斗的后背。遥斗没有回头,母亲的呼喊声也随之跟了上来。

"你后天就是中学生了,怎么还像个读幼儿园的小孩似的不听话。真是个坏孩子。"

"对,我就是坏孩子。我就是个读了中学,却连个新包都没有,只能用哥哥剩下来的旧东西,在家里也可有可无的坏孩子。"

"你在胡说什么呀。"

高跟鞋咔嗒咔嗒的响声刺得遥斗耳膜疼。他不想听到这个声音就跑了起来。

"遥斗！"

跑出专用车道，外面就是公路。遥斗看见巴士正开过来。要去金原站的话，钱包里有三千元，应该够了。

他又听见远处三津子的呼喊声。

站台里有三人要上车，其中一个年纪较大，他抓着门口的把手，慢悠悠地踩上踏板。站在后面的遥斗有些心急。妈妈就要追上来了吗？他慌慌张张地回过头，看见妈妈站在三十米外的车道出口处望着自己。

太好了。遥斗放心了。巴士终于开车了。遥斗不再去看妈妈，找了个座位一屁股坐下。

坐在前面的人一直在摆弄手机，大概是发短信。大和买手机的时候遥斗也非常想要，结果被告知上高中以后再说。那时候心有不甘，但现在反而觉得没手机是好事。有手机的话，这时候肯定会被妈妈打爆吧。妈妈肯定在后悔，"如果给他买就好了。"遥斗想象着妈妈懊悔的表情就觉得心情愉快。

等心情逐渐平缓，刚才的紧张感也随之消退后，遥斗开始感到无聊。透过车窗只能看到单调的平原、零散分布的房子和交错而过的车辆。如果是开往鲸崎站的巴士，一路上还能看看海，这条线路上却什么可看的都没有。而且目的地金原市还是

想い出あずかります

那座拒绝我的学校的所在地,真是……

遥斗痴痴地看着从对面车道驶来的车辆,意识到自己的决定是个巨大的错误。本来买完衣服集合后就一起去吃饭。五楼的美食街有新开的餐馆,还有回转寿司和素菜料理店。三津子提议去吃素菜,好肉的男性阵营一致反对。今晚应该是回转寿司。

不如在金原站坐巴士折返,回购物中心继续晚上的餐会?但这起码要花费一小时以上的时间,恐怕自己到了他们都吃完了。遥斗可不想再看到妈妈爸爸还有大和嘲笑他是"笨蛋"的嘴脸。

真烦……遥斗开始冷静地分析状况。如果大家得知他突然不见了,妈妈应该不会被责怪吧。这时候爸爸会说:"还不知道遥斗的去向,这时候怎么能吃饭。"于是三个人马不停蹄地往家里赶。嗯,这种可能性最高。

总算到金原站的时候天都快黑了。心急的司机都已打开了车头灯。走出光海似的终点站,遥斗搭上开往海边的电车。

沿途没耽搁,径直往家赶的遥斗在转过一个街角,看到自家的房子后就感到后悔不已——门口没有车,门灯也没亮。

他突然觉得自己很可笑。又不是小学生了,妈妈算准他从购物中心跑走后,肯定会坐车回家。她对大家说:"用不着着急,我们还是去吃寿司吧。"

他们回家后一定会问遥斗："你回来啦,是不是已经吃过饭了?"然后假惺惺地拿出打包的寿司当成赏赐给可怜虫的礼物。

遥斗不想回家,就这么老老实实地等他们回来太没面子了,自己还是先去找点好吃的,吃饱了再说。但想来想去能一个人去的地方也只有荷鲁斯了。走向车站的二十分路程让他觉得无比漫长。肚子也一直在打鼓。

"热狗、炸薯条、大杯可乐,还有……照烧鸡排堡。"

以前每次在外面买饮料时就算要杯果汁也会被妈妈啰唆半天的遥斗如今看着大杯装的可乐感到心满意足。

走上二楼,人比想象得要少。遥斗松了口气,挑选窗边的位置坐下。啊……有本不要的漫画杂志。他扫视了一圈,发现没人在看自己,于是悄悄地把杂志拖了过来。这和平时买的不同,是面向青年的漫画杂志。

卷头彩页是泳装美少女,遥斗兴奋地翻开杂志。第一篇漫画讲的是一个女刑警破案的故事,没头没尾的,讲什么也不知道。但重点不在这里,那位女刑警穿得很清凉,而且总是刻意展现自己的胸围。有了这本杂志,难得吃到的照烧鸡排堡也变得很普通了。

一个小时很快就过去了,遥斗把漫画放回原位,打算回家。或许家人见他居然还没回来,已经急得乱成一锅粥了。

想い出あずかります

　　回家的时候用跑的。来时二十分钟的路用十四分钟就跑完了。回到家门口，遥斗感到诧异。门口没有车，他们究竟跑到哪里去了？难道是回转寿司太好吃，三人吃得停不下来了吗？
　　去当铺吧。遥斗突发奇想。他还没有在天黑后下过那条石阶。
　　正要转身时遥斗发觉刚才没有亮的门灯已经打开了。有人没坐车就回来了吗？或者家人分成了两批，一部分留在家里，而另一部分外出寻找自己？
　　这下闹大了。遥斗从包里拿出帽子戴上。这样挨揍的时候不会那么疼。他打开院门，到玄关还有三级台阶，遥斗一个箭步就蹿了上去，打开了房门。
　　"我回来了。"
　　他装作什么也不知道，故意提高声调来试探屋里的情形。
　　脚步声响起，一个人从客厅走了出来。肯定是妈妈。遥斗这么想。
　　"哎？"
　　没想到出来的人是大和。而且他鼻子通红，明显是刚哭过。居然这么关心我，但也用不着哭吧。遥斗不知道该说什么好。
　　"你到哪里去了！"
　　大和突然狠狠地打了遥斗一个耳光。
　　"你干什么？"

"你还有脸问我干什么!"

大和又给了他一个耳光。两次都打在右边,遥斗还想抱怨一边肿起来就不好看了,但看到大和的脸就把话给吞了回去。他的脸就像忘关的水龙头,全是鼻涕和泪水。

"老妈她!"

大和说着用袖子擦了擦眼睛。

"妈妈她?"

遥斗脑海中闪现出一个画面,妈妈大喊道:"遥斗已经不是我们家的孩子了!"不过这种事也不是没发生过,那时在场的大和一副事不关己的样子盯着电视机的画面,不像现在这么激动。

不安感油然而生。

"妈妈她怎么了?!"

大和死命地按住胸口,仿佛不这么做就说不出话来。

"送到医院去了。"

遥斗瞪着哥哥大和。

"什么!"

"她被车子撞了。对方肇事逃逸。就在停车场。"

"停车场……!"

遥斗全身的气血仿佛瞬间被抽空了,大和一把抓住了遥斗的肩膀。

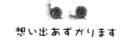
想い出あずかります

"你先走的,为什么不马上回家!往家里打电话一直都没人接。老爸必须留在医院里,只能让我回家等你……"

"你先别问了,妈妈伤得怎么样?既然是在停车场撞的,那车速应该不是很快,伤得不重吧?是不是撞断骨头了?"

"她又被轧了两次。"

"什么?"

"她被撞倒后,汽车后退从倒在地上的老妈身上轧了过去,然后往前开又轧了一次。那个混蛋就这么跑了!"

"怎么会这样!"

"警察也来调查过了,还问老妈是不是和人结过仇。我和老爸都被拉去问了一遍。警察也说现在到处都有监控,调查后很快就能捉到……"

"是哪家医院!"

"综合医院。来不及只能送到那里。"

"那快走吧!"

"你现在再急也没用了。"

"为,为什么?!"

大和没有回答。他的眼里又渗出泪水。

遥斗全身瘫软倒下,膝盖重重地砸在地上,却一点儿也感觉不到疼痛。

大和的声音就像回声一样,仿佛是从很远的地方飘来一般空幻。

"她被轧了两次倒在那里,却没有人来帮忙。"

母亲站在停车场门口,远远地望着自己的画面镌刻在遥斗脑海中,永世难忘。

✿　✿　✿

从玄关到走廊,连客厅里也铺上了厚厚的垫子。葬仪社的工作人员把客厅布置成遥斗从未见过的样子,里面摆着棺木,挂着遗像,还有菊花做装饰。

众人在灵前守夜。附近的邻居以及满在铁道公司的同事纷纷来吊唁。玄关有葬仪社的人负责接待,礼钱和鲜花都被送到了里屋。屋里坐着亲戚和遥斗的祖父母。三个寿司桶就搁在旁边一张低矮的圆桌上,但没有人去取来吃。遥斗站在房门旁,神情呆滞。

满强打着精神,不断招呼络绎不绝、几乎要把走道和客厅挤满的客人。

"犯人抓到了吧?"

听到有人问起,他郑重地回答:

"抓到了。就是今天。是住在金原市的一个三十七岁男性。他说他以为机动车专用道上不会有人,没注意就撞上去了。"

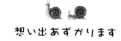

对方听后情绪激动起来,满也受到感染,愤愤地说:
"听说那家伙还有前科。"
"前科?"
"对,以前也曾逃逸过一次。被撞的是一个年纪大的女性。"
"天哪……"
"三津子最初被撞倒的时候可能还有意识。我老婆那脾气可不好惹,她肯定死死地盯着车尾巴,想要记下车牌号码。那畜生从后视镜里看到了,于是就倒车……"

后面的话满实在不忍心说下去。他恨得牙痒痒的,双唇都失去了血色,貌似是公司领导的男性拍了拍他的肩膀说了些安慰的话。

不管听到了怎样的对话,遥斗都觉得是在责怪自己。母亲遭遇车祸是在自己跳上巴士之后发生的。没有人说这起不幸"都怨遥斗",但也没有人来安慰他说"这不是你的错"。

遥斗听见玄关传来耳熟的声音,发现原来是读小学时的班主任来了,赶忙躲进房间里。如果有人安慰自己,遥斗肯定会忍不住哭出来。他以前没少给老师添麻烦,死都不想让老师看见自己掉泪的样子。

遥斗站在寿司桶前像块木头似的,等听到老师他们进客厅吊唁完离开后才松了口气。有人轻轻地拍了拍他的肩膀。

"小斗啊。"

抬头发现是外婆咏子,三津子的母亲。外婆面色疲惫,但还是强撑着笑容。看到这样的表情,遥斗不忍再忽视她对自己的关心。

"什么事?"

"有两个姐姐来看你了,还说带了东西给小斗。"

遥斗看见穿着米色制服的芽依和里华正站在门口,便朝她们点点头。见遥斗态度很好两人放心了,也朝他招招手。来的时候还担心他会不会发脾气赶她们回去。

"节哀顺变……不知道有没有什么能帮上忙的……"

里华不知道这种场合该说什么。

"这是什么?"

遥斗指着里华手里正打算递给他的纸袋。

"这是我从当铺带过来的东西。"

"啊?是魔法师给我的吗?"

"是的。是马卡龙。"

里华用周围大人都听不见的音量轻声说道。

"是她和松鼠先生一起做的。魔法师说:'遥斗君这个时候肯定没有什么食欲,希望他多少能吃一点,打起精神来。这不是用魔法做的,所以不会随时间消失。'"

"唔。"

遥斗接过纸袋,自言自语:

想い出あずかります

"如果魔法师能让时间倒退到三天前就好了。"

"是啊,如果能就好了……"

里华和芽依一脸遗憾地离开了。

晚上九点,葬仪社的人关上了大门。

"接下来就请各位亲属们畅谈吧。"

说完后,遥斗和其他人走进客厅,但他没有靠近棺材,只是瞥了一眼躺在里面的妈妈,面色煞白,毫无生气。大概她还在生气吧……他也只能用这种想法来稍稍安慰一下自己。他没有勇气去对临死前还在冲自己发火的人说话。

满不见了一阵子才回来。他抱着一个大纸袋,袋子的提手上绑着漂亮的彩色缎带,栩栩如生的蝴蝶结仿佛随时都会飞走,和现在的气氛显得如此不搭。

"其实,昨天是我小儿子上初中的第一天。"

满对所有人说道。正在窃窃私语的亲戚们把注意力集中在他的身上,轻声回应道:

"是吗。"

"这样啊……"

"刚入学就碰上这种事,三津子泉下有知,肯定也会觉得遗憾的。本来上初中是高兴的事情,人生也进入了新的起点。遥斗这孩子真可怜。"

满抱着纸袋听完亲戚们的喟叹后继续说:

195

"谁也没想到,这会变成三津子给遥斗最后的礼物。"

什么?遥斗屏住呼吸,竖起了耳朵。

"三津子给他准备的是上学用的书包。我说让遥斗用大和换下来的就可以了,但三津子说遥斗好不容易有一个新的开始,让他用旧东西有点对不起他,所以偷偷地准备了这份礼物,原本打算开学前一天给他的。"

啜泣声在亲戚之间开始蔓延,遥斗显得茫然若失。

"遥斗,过来,快打开看看。"

父亲招招手,遥斗走到他的身边。解开纸袋上的彩色缎带,蝴蝶结没有变成真的蝴蝶飞走,只是轻飘飘地掉落在地上。

"我看看,挺帅的嘛。"

"不错啊,真好看,遥斗你说是不是。"

遥斗拿出书包,亲戚们不住地称赞。这还是葬礼开始以来,第一次有人露出笑脸,但更多人是笑中带泪。

遥斗摸摸包面又翻开看看内胆,一直重复着意义不明的动作。

一旁的大和说:

"这是你说过喜欢的牌子吧。STARLIGHT,老妈可记得很牢呢。"

"她为什么没问我……"

想起在购物中心里两人的对话。妈妈不给他买,原来是已

想い出あずかります

经准备好了。遥斗根本想不到妈妈会这么做，毕竟她不是会给人惊喜的人。

遥斗终于忍不住哭了出来，一旁的叔母连忙走过来搂住他的肩膀。

"别哭了，这是妈妈给你的最后的礼物。一定要好好爱护啊。"

你们错了，你们都想错了。你们以为我是收到了寄托母亲爱意的礼物才哭的吗？不是这样。你们都不知道那时我对妈妈说了什么。除了我和妈妈，没人知道。如果我没有发脾气，没有要性子，没有头也不回地跑出购物中心……

"讨厌，太讨厌了！我不要这样！"

遥斗跑出客厅，冲进里屋。

"遥斗！"

大和追了上去。

里屋有一个空的点心盒。遥斗知道这是用来放礼钱的，他毫不犹豫地掀开了盒子。不知是谁整理过了，装礼钱的袋子和现金都已经分开放好，一万元的纸币扎成一捆。

"遥斗！你要干吗！"

大和堵在门口，遥斗一头撞了上去。和小时候打架不一样，十二岁男孩头槌的力量就像条猛扑过来的土佐犬。大和被撞开了。

"你小子混蛋！"

听见大和的怒吼，被惊到的亲戚们纷纷从客厅露出脸来想看看发生了什么事。遥斗疾跑过走廊，冲到门口。在一堆鞋子里他没能马上找出自己的运动鞋，就换上哥哥的跑出了家门。跑的时候他觉得自己也体会到了妈妈在追他时的心情。

✦ ✦ ✦

我是黑夜之王，满月神气活现地向大地散射着它的光芒。

"拜拜～"

芽依挥挥手，里华也向她告别。

"那明天见了。"

芽依从上周开始加入补习的行列。她们一起上下课，在十字路口道别已经成为习惯。

本来两人道完别后就各顾各回家，但今天里华走了几步后突然转身。

"芽依。"

"嗯？"

芽依也转过身，快半米长的麻花辫就像条龙似的随着她的身体甩了一圈。

"路上当心汽车啊。"

想い出あずかります

听到好友的嘱咐，芽依的脸色沉了下来。

"里华你也是啊。"

两人此刻想到的应该是同一件事。去补习班之前的探访，明亮的客厅，微笑的遗像以及憔悴的遥斗……

等芽依走远后，里华加快脚步。湿润的海风吹拂着她的后背，她刚跑进住宅小区就发生了意想不到的事。

"哇！"

里华差点和一个飞奔而来的小个子男性撞个满怀。幸亏她及时跳开了，撞上了可够呛，那力道就算不及汽车，也应该和自行车差不多。

黑灯瞎火的，对方是什么人也看不清。里华按捺住想要大吼"你不看路的吗！"的冲动，倘若那人转个身再撞过来可不是闹着玩儿的。虽然小镇上很少会发生杀人案，但抢个包或者闯空门倒时有耳闻。

过了会儿那人没回来，里华拍拍屁股打算走人，结果又看到了一个气喘吁吁的年轻男性向她跑来。那人不像刚才那家伙那样不要命地飞奔而过，他跑到里华面前停下问道：

"那个，请问……"

"嗯？"

漆黑的大街上，有个陌生男人跑来搭话让里华提高了警觉。她把手伸进包里，握着手机。

万一出事了该打给谁呢？一年前的话肯定是雪成。但现在他的号码和电邮都已经删掉了。是往家打还是110？

"对不起，请问您有没有看见一个中学生跑过去？"

原来是找人啊。里华松了口气，把手从包里抽了出来。定睛一看，对方应该是清川高中的学生，因为他穿着清川高中的黑色校服。

"看到了。"

"遥斗……就是那个跑过去的人，请问他往哪里跑了？"

"遥斗？"

"啊，是我的弟弟。"

刚才那个莽撞小子的身影突然变得清晰起来。

"啊，那个人是遥斗君？"

"您认识他吗？"

"您家刚才办丧事的时候，我来过。"

里华这样一说，对方有些难为情地挠挠头。

"真不好意思，今天来吊唁的人太多了，我可能不记得您了。我是遥斗的哥哥大和。是清川高中二年级的学生。"

"啊，我是三年级的。遥斗君他怎么了？"

"那小子又在干傻事儿了。"

大和的解释比较含糊，里华也只是半知半解。晚上气温很低，大和的额头上却已渗出了汗水。

想い出あずかります

"他往海边跑了。"

里华说着就转过身子往海边跑去。

"那个,麻烦您啦。"

大和发觉里华不光为他指路,还打算和他一起去找,连忙道谢。里华说:

"我刚从补习班回来,晚点回去也没关系。你刚才说干傻事儿,他干什么了?"

"那家伙受了刺激,我怕他会去跳崖啊。"

"我想肯定不会的。"里华断言道。

跑得有些累了,刚好通往海岸的三岔路口亮起了红灯,她便停下喘了口气。跟上来的大和问:

"为什么不会?"

面朝漆黑的大海,能听到涛声和风声。

"我觉得他是去回忆当铺了。"

里华一边调整气息一边说。

"这个时候?"

"遥斗君很信任魔法师。"

信号灯变色。大和猛跑了几步,但马上停下朝四周张望。

"当铺我很多年没去,怎么走都忘了。"

"这里,这里。"

这次里华又走在前头带路,她指着距旅游停车场不远处的一片草丛说：

"是这里。没错，遥斗君就是从这里下去的。"

"你怎么知道的？"

大和走近一看就明白了。原来石阶的两侧，相隔一米左右的距离各有一个大海螺，海螺里亮着光，就像餐馆里的间接照明设备，散发着柔和清晰的光线。

"这应该是魔法师为了让遥斗君下台阶方便特意准备的。"

里华比较熟悉这里，下台阶时三步并作两步，而大和则是小心翼翼地一步一步走。

途中台阶向右拐，到了下一个弯口，就能透过树木的间隙看到当铺的房子了。两人一鼓作气向前冲去。大和跑得较快，里华有些介意自己被吹起的裙子，但还是跟着他猛冲。

大和打开门，就看见弯着腰的魔法师正缓缓抬起头。

"你们都来了啊。"

看见遥斗横躺在沙发上，里华急忙上前。

"遥斗君！"

少年紧握着一沓钞票。他握得太紧，纸币的边缘都快嵌进肉里了。

"不用担心，他只是跑得太快，气接不上来引起了贫血。"

魔法师解释道。正好松鼠送来了花茶。

"喝点降降火吧。"

想い出あずかります

魔法师接过松鼠送来的茶递给遥斗,结果他起身一甩手就把杯子打飞了。茶杯掉在地上,咕噜转了一圈,里面的茶水却一滴都没有洒出来。

"遥斗!"

大和俯身靠近遥斗,压着他的背脊想让他给魔法师道歉。遥斗甩开他的手说:

"还给我……全都还给我。"

里华问遥斗:

"还给你什么?"

遥斗站了起来,把一沓钞票扔在桌子上。

"要钱的话我这里有。把我当给你的妈妈的回忆全都还给我!"

魔法师走到壁炉边取出文件夹,开始一张一张地抽出文件夹里的纸。不对,虽然看起来是纸,但和普通的纸肯定不一样。

"啊……"

遥斗惊叹。

"怎么了?"

里华问他,但遥斗没有回答。

"啊……"

他又叹了一声。

"等等,他到底怎么了?"

这次是大和问魔法师,她持续着抽纸的动作,静静地答道:

"我在把遥斗君寄存在我这里的回忆一件件找出来。每抽一张纸,一个回忆就会回到遥斗君的脑中。"

"是的。我想起来了,妈妈做的便当真是超级好吃,我为什么舍得把这么好的回忆当掉呢……还有在院子里妈妈责备我的事情,是我答应她把衣服收进来叠好的,妈妈说得没有错……"

"遥斗君。"

里华的声音根本无法传入遥斗的耳中。

"啊……妈妈说我洗碗就给我零花钱。我洗了,但打碎了一只碟子。妈妈说了我几句,我还向她耍脾气,又故意打碎了三只。后来妈妈在清理的时候还割伤了手指。"

遥斗眼睛里渗出一颗颗黄豆般大小的泪珠。

"遥斗!遥斗!我是哥哥!你听得到吗?"

"哥……哥哥?"

遥斗好像才发觉哥哥已经来到自己的身边正在和自己讲话,眼泪也不再是一滴一滴往下落,而是像开闸的河水沾湿了双颊。

"哥哥!"

遥斗扑进哥哥怀里。

"怕了你了,再被你撞一下我可死定了。"

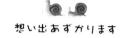
想い出あずかります

虽然这么说,大和却紧紧地抱着遥斗的脑袋。

从七岁第一次光顾至今,魔法师足足花了二十七分钟才把文件夹里遥斗的回忆全都取出来。失而复得的回忆旋涡在遥斗脑海中高速旋转,他出神地走向门外,大和一直牢牢地抓着他的肩膀跟在他身后。

里华站在窗边注视着石阶。发光海螺铺设了一条金色的轨道延伸到她看不见的地方。兄弟二人肩并肩行走在这条轨道上。

"这么晚你还不回家没事吗?"

被魔法师一问,里华忙说:

"啊,我忘了和家里人说了。"

说完急忙发了条短信告诉家里人:"有问题要问老师,去补习班一趟。"松鼠又端了一杯花茶给里华。

呼,里华听见了一声叹息。里华正感到奇怪,怎么叹了这么大一口气自己都没感觉,结果刚抬头就看见魔法师又叹了一口气。

"怎么了?"

"你说我那样做真的好吗?"

说着,魔法师的视线转向放在桌上的那一沓皱皱巴巴的纸币。

"难道遥斗君的钱不够?"

"倒也不是钱的问题。够不够都无所谓啦。"

"那我觉得……您做得挺好的。"

"是吗?"

"您看哪,虽然您把遥斗君以前当给您的回忆一下子都还给了他,他暂时可能是有些承受不了。但对那孩子来说,有关母亲的重要回忆都找回来了。这不是好事吗?"

魔法师轻轻地摇摇头说:

"我说的不是这件事。"

"那是什么?"

"如果我一开始就用那种错误的方法。遥斗君的母亲也不会死了。"

"您这是什么意思?"

"你不记得了?雪成君的曾祖母被车撞伤那件事。"

"哦……"

"犯人是同一个人。撞了雪成君曾祖母和遥斗母亲的人。"

"不会吧!"

里华原地跳了起来。她腾空的那一刹那,心想人原来可以坐着跳起来啊,结果一屁股又栽进了沙发靠垫里。

"如果我能在预见未来的时候告诉你一些犯人的线索,你再告诉警察,那今天遥斗君的妈妈也不会遭遇不幸。"

里华不知道该如何回答。魔法师继续说:

"但如果这么想的话。我也有能力让遥斗君的妈妈死而复

想い出あずかります

生,也可以抹杀掉那个犯人。总之只要我能想到的,我都可以去做。"

"魔法师……"

"人类是被限制才能展现出有趣一面的生物。他们连自己的心都无法控制。魔法师则是无所不能、万事万物尽在掌握的存在。只是,命运有太多分支,暂时正确的做法带来的不会都是好的结果,反而会引起诸多不好的连锁反应。"

里华还是第一次见魔法师皱起眉头。也就在这时,魔法师第三次深深地叹了一口气。

✿　✿　✿

Cerulean blue(天青蓝)、Turquoise blue(湖蓝)、Nile blue(尼罗蓝),都不是。眼前这完美的青空,无论用怎样的词汇都难以形容。

里华站在车站前书店的窗边,手里拿着刚刚从书架上找到的色本,出神地望着天空。这本书上列出了所有颜色的名称和图示。她将里面蓝色的图示和天空一一对比,结果 Sky blue 似乎是最接近的。空色,就如同字面上写的那样,是天空的颜色。但这太过简洁直白的名称让里华略感失望,她把色本塞回书架。

周六午后的车站变成了孩子们嬉闹的乐园。孩子们到处乱跑，而带他们出来的主妇们则翘首企盼肉店早点张贴出九折的特价标签。

在去预备学校路上的里华突然把视线停留在位于商店街角落的花店门口。深绿色的铝制招牌边站着一个人，是大和。门口的塑料桶里插满了各种鲜花，大和似乎正在挑选。那天晚上"夜奔"时他穿的是校服，今天则换了一套土黄色的私服。他穿这套衣服看上去变得成熟了一些，倘若两人站在一起，绝没有人会想到里华是比他高一届的学姐。

里华走到店门口，听到店里有人喊：

"欢迎光临。"

一个八岁的小姑娘像大人似的笑着向她打招呼。这孩子是花店的招牌姑娘。这对单亲父女的奋斗史在鲸崎町非常有名，所以他们的花店自开张起就客源不断。

大和专心致志地挑着花，也没发觉还有别的来客。

"请问？"

直到里华站在他身边向他打招呼，大和才抬起头。

"啊……嗯，前辈。"

"我在学校就想找你问问遥斗君的事，但看你在忙就没开口。"

"啊，这段时间我家遥斗让您费心了。"

既然大和这么说，里华就放心了。她继续问道：

想い出あずかります

"我还是有点在意。那天你们回家后没什么事吧？遥斗君去上学了吗？"

"从上周开始他就去学校了。"

"上周？"

"他差不多把自己关在房间里待了十天左右。连我老爸都担心他是不是会变成'家里蹲'从此再也不出门了。"

"既然能去上学了就好……"

大和选了一枝黄色的玫瑰，嘴里念道：

"玫瑰还真贵啊……"

"难道这些花是为祭拜准备的？"

"嗯，昨天已经火化了。"

火化，听到这个词里华心头一颤。她还从未有过等候亲人火化的经验。

"我现在在选的就是供奉在墓前的鲜花。一般人都选菊花，但我妈妈比较喜欢玫瑰。"

"是这样啊。"

"其实她最喜欢的是荷兰芹和香草，就是那些能够吃的植物，但那种东西总不能放在墓前吧。"

大和或许是想缓和一下气氛，说些轻松的逗里华笑，但里华依旧一脸严肃。

"可惜我没带多少钱，所以只能买几枝玫瑰。"

他笑呵呵地说,又拿了一枝粉色的玫瑰。突然,大和很认真地问里华:

"前辈和遥斗很熟吗?"

"哎……也不是那么熟。只是经常在当铺里碰见。"

"唉,我已经很多年没有和他好好聊过天了。毕竟我们差四岁,喜欢的东西和朋友都没有交集。"

"唔。"

"所以现在我也不知道该说些什么让他振作起来。那小子以前一直和老妈处不好,现在后悔得要死。"

"唔……"

"您说我该怎么劝他?前辈有主意吗?"

里华盯着一盆提灯花(Kalanchoe uniflora)。这花和之前在魔法师那里见过的外形相似,但不像那种花那么"垂头丧气",也不会散发甘香。看来魔法师那里的植物是独一无二的。

"我觉得魔法师比我清楚要怎么鼓励遥斗君。只是现在这个样子,遥斗君肯定不会再去当铺了。"

"魔法师真的能帮上忙吗?"

"魔法师哪,真的有很神奇的力量,在她的身边经常有不可思议的事发生。比如说魔法师把大家舍弃的回忆变成海星沉入海底。我们平时在看海的时候根本没想到深海之下会长眠着很多人的回忆吧。但这都是真的。"

想い出あずかります

"有意思……"

"所以我觉得让遥斗君去见见魔法师,说不定会想开的。"

"想开?"

"是啊,虽然再也见不到妈妈了,但其实妈妈就陪伴在自己的身边。"

"前辈您说得好玄啊……我都有点听不懂了。"

里华抬起手指向天空。天空的颜色比刚才要深,泛着柔亮的光芒。仿佛手再抬高一点,指尖就能戳破天际,流出浓墨一样的啫喱。或许屋顶的颜色就是被天空染蓝的。

大和顺着里华的手转移视线,抬头望天。

"你看,不仅仅是夜晚,哪怕就是白天,天空中也挂满了闪闪发光的星星。只是你看不见而已。"

"唔……"

"你见,或者不见,它都在那里。就是这个意思,说得好像诗一样,这样的话从我嘴里说出来真是糟蹋了呢。哈哈。"

"没有,我觉得您说得很对。"

大和高高地举起两枝玫瑰,对着天空说道:

"妈妈!这是我和遥斗送给你的,你看得到吗?"

说完他连忙放下手,然后朝四周看看,嘿嘿一笑。

"哎呀,别人肯定把我当成神经病了。"

"我要这些。"大和把手里的花递给小姑娘,然后转身对里华说：

"我想办法带遥斗再去一次当铺吧。"

"真的吗？"

"虽然记不太清，但我应该也在那里当了很多回忆，不收回来不行啊。"

"是啊，应该这样。"

"或许这其中有很多有关妈妈和遥斗的回忆，如果都变成海星了，我肯定会后悔的。我回家和遥斗商量下。"

"唔，有哥哥陪着，遥斗君或许会去的。每次在当铺里碰见遥斗君，他总是一副很高兴的样子。"

两人挥挥手道别，里华拿出手机发了条信息。

"芽侬，待会儿笔记借我看看！今天有点事，要很迟才能到。"

发完信息，里华朝海边走去。她想早点把这个消息告诉这些天都愁眉不展的魔法师。

想い出あずかります

七

从东京搭乘两个半小时的新干线,在县厅所在地车站下车后,里华觉得自己"终于回到了老家了"。如果搭特快列车,那从东京到金原市只要一小时零十分,就像出了趟门去买东西似的。一直到高中为止,金原市在里华心中还是个只有在节假日才能来玩的大都市。但习惯了东京这种真正的大都市的冷漠后,再回到这里感觉要亲切好多。像东京就没这么多带喷水池和雕塑,还有很多长椅的车站。

在换车去鲸崎前,里华还要等个人。她在车站五楼的书店挑几本书打发时间。先拿了一本地方杂志《WINDY STREET》,封面是一家新开蛋糕店的宣传彩页。她上大学已经有一年零八个月了,每次回家都能发现些新东西。

"里华!"

有人在身后拍她的肩膀。是芽依。

"比暑假见面时更洋气了嘛。你这个东京妞。"

里华转身看见芽依穿着蓝紫色相间的碎花修身上衣和亮紫色打底裤,披着浅灰的镂空毛织罩衫。在她看来,与换来换去只有运动服的自己以及读大学的学姐们相比,还是在老家读热门短大的芽依对时尚更为敏感。

里华这时穿着一件很普通的针织衫和牛仔裤,外加一件黑色夹克。她瞬间觉得有些后悔,虽然回老家不是荣归故里,但还是稍微打扮下比较好。不过她随即又说服自己,别在意这些,这次回来是有事要办,穿得好不好看根本没关系。

之后两人钻进了咖啡馆。先是拉拉家常,问问高中同学们的近况。有八成的同学都留在老家,芽依不愁没话题。里华也细说起在东京认识的人。读高中时还没"外乡"的概念,到东京没多久就参加了"同乡聚会",现场非常热闹。虽然大多数人是初次见面,但因为是老乡,就比普通人要亲上三分。如果范围再缩小,都是鲸崎出身的,那更是亲上加亲了。

两人一来二去始终没有扯出和雪成有关的话题。倒也不是刻意回避,是因为真的都不知道。雪成毕业后就去了遥远的关西。

聊了一阵汇报结束后,芽依问了:

想い出あずかります

"里华的大学应该也有秋休吧。但你去年秋天怎么没回来?"

里华忙摆摆手说:

"没有没有。我那个大学怎么会有秋休这么高大上的待遇。只是这段时间正好有学园祭,十月三十日后有一周的时间放假准备,我就回来休息了。"

"啊,这么重要的事你回来没关系吗?你参加的社团呢?"

"已经退出了。"

"这样啊……"

"再说刚好是我生日嘛,所以就回来咯。"

"啊,我可记得呢。是后天吧。太好了,那天我们一起吃晚饭吧。"

"不好意思,后天我要回学校,明天晚上要和家里人一起过。"

"是吗,真太不巧了。那明天下午怎么样?我还买好了礼物要送你呢。"

"呀,真的吗?"

"我过生日的时候里华也送我礼物了呀。谢谢你呢。"

"对了!芽依学姐!快发表下二十岁的感想!"

里华装作毕恭毕敬的样子,芽依笑得打滚。她原本长直的黑发经过卷发棒的调教,华丽丽地跳着波浪舞。

"拜托,别这么说。什么学姐啊,我们生日只差一个月好吗。先不提这个,里华你和家里人的关系真好啊,这么大还会帮你过生日,你也特意从东京赶回来。"

里华用叉子戳起一颗热派上的蓝莓放进嘴里,别过头说:

"哪里呀。老爸老妈还说反正有寒假,平时就别回来了呢。他们一点都不欢迎我。真的哦。"

"不会吧。"

"所以啊……我想去见见魔法师。在二十岁之前。"

"哎?"

"明天应该是我最后一次去回忆当铺。因为过了二十岁就去不了了。"

"你等等。"

芽依扶着脑袋,盯着挂在墙上的一幅画看了一会儿,然后又回过头对里华说:

"那是什么呀?回忆当铺?"

"哎?悬崖下的,那个小房子。"

"悬崖下的小房子……是什么啊?是不是什么秘密基地?"

本想吐槽她,但发现芽依不是在装傻,她是真的想不起来了。里华有些小小的伤感,芽依则觉得不好意思,里华很认真说的事,自己却完全没有印象。

想い出あずかります

发现这一点的里华忙解释。

"啊，没什么。这个，哦，是我在文学部的一个创意。"

"啊，是这样啊。是那个创意啊。"

但芽依还是不知道她说的是什么。

"抱歉，我去趟厕所。"

里华突然感到胸口有点堵。她出了咖啡馆往左拐，总之要走出芽依的视线。百元店旁边有一家三百元店，里面有一个化妆间。但里华没有进去，只是找了张椅子坐下。

她知道过了二十岁就再也不能去当铺了，而且没有赎回来的回忆也会永远消失。但她没想到居然会忘得如此彻底，连有关当铺的回忆都会忘掉。

手机响了，是芽依打来的。

"你没事吧。身体不舒服吗？"

原来已经出来这么久了，里华忙往回走。

芽依已经把我提出"我们做朋友吧"的那个瞬间忘记了吧。一想到这里，原本堵住的心窝又被揪了一下，步子也越来越重。

✿　✿　✿

向右拐是一个大坡，再往左拐就是三棵可以用来抓扶的竹子……这条路大概闭着眼睛都能走了吧。最后三级石阶，里华一跃而下。她回头看去，空中飘舞着片片红色黄色的落叶。但和普通的行道树不一样，这里的落叶永远不会掉在地上。纷飞的落叶飘浮在岩石上、海面上，犹如一群蝴蝶翩翩起舞。

里华在当铺的招牌前停下脚步。她盯着招牌看了一会儿，知道即便拍下来也没用，所以默默地收起了手机。

蕾丝窗帘后有什么东西一闪而过。里华定睛一看，原来是松鼠。是去烧水准备泡茶吗？最后的茶点时间，不好好准备可不行啊。

走进小屋，魔法师正在为壁炉添柴。今天她穿的是有白色蕾丝边饰的天鹅绒长裙，腰上系着有淡粉色百合图案的围裙，头巾也是淡粉色的。

薪柴烧得正旺，发出噼噼啪啪的响声。桌上放着堆满华夫饼和英式茶饼的盘子。

"有客人要来吗？"

里华问道。魔法师转身说：

"是啊。"

"是谁啊？"

"你呀。"

自己变成了客人，里华觉得已经不能再像以前那样跟在家里似的随意走动了。她把包放在凳子上。

"但我没说今天会来啊。"

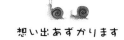
想い出あずかります

"也是啊。你去东京后我就以为你不会来了,但点心还是照做。"

或许魔法师以前也像今天一样等人来吧。十九岁最后的日子,那个孩子会不会来呢?一天又一天,过着谁也不会来访的日子。里华仿佛能想象出,漆黑的小屋里魔法师和松鼠啃着没人吃的茶饼的画面。

就在她脑洞大开的时候,魔法师出去洗了把手,然后一边拿毛巾擦手一边对她说:

"你交新男朋友了吗?"

"怎么突然问这个问题?"

里华苦笑着摇摇头。

"但人类不是没人做伴就会感到孤独的生物吗?"

说着,魔法师拿了一块华夫饼放进里华的盘子里。

"蜂蜜、枫糖,还是果酱?"

"枫糖吧。"

"好的,那就枫糖。"

里华咬了一口,温暖香甜的枫糖浆立刻在口腔中满溢。

"人类分忍受得了孤独和忍受不了孤独两种,我大概是前者。我也不知道这到底是好还是不好。"

里华自嘲一番,又吃了一口华夫饼。带点苦味的言语被枫糖的甜味中和后,她又继续说道:

"我真是一点都不明白。"

"什么事想不明白？"

"雪君和我分手时说的话，我想了很久。"

"雪成君说了什么？"

"在遇到对的人和他结婚之前，所有交往的对象都是练习。"

"哦。"

"所以我是雪君的练习对象，同样，雪君也是我的练习对象。"

里华喝了一口花茶说道。今天的花茶是柠檬草和小甘菊。

"那怎么样的人才算对的人呢？是不是遇到他的瞬间，就有种来电的感觉——嗯，就是这个人。"

她对魔法师说的话与其说是提问，倒不如说更像是自言自语。

"就算觉得对方是对的人，但两个人也会吵架闹别扭，也会有各种各样的问题呀。如果变成异地恋了怎么办？一般人不就像雪君那样，等着分手。但如果对方是对的人，心里肯定会想，因为他是对的人，所以无论发生什么我们也会在一起的。"

"一定会看出来的。"

魔法师微笑着说。她的笑容就像她身上穿的天鹅绒长裙，温暖柔润。

"看出来，要怎么看啊？"

想い出あずかります

"比如分别四年再次重逢,如果两人初心未变的话,那就是对的人。"

"四年。"

里华用手机自带的备忘录记下"四年"这两个字。不过等明天过了二十岁,这条备忘录或许也会随之消失。

"为什么是四年?"

"老话不是常说么,'水滴三年,石也磨穿''好话不说三遍'之类的。反正'三'这个数字经常被拿来用。"

"这么一说是挺多的……但是……"

"总之三呢,是一个重要的分水岭。过了三就'死'了,死了就圆满了,肯定没事啦。"

"被您给打败了……"

里华做了一个向后倒的姿势。

"我是真心问您的,您就别拿谐音来说笑啦。再说老话谚语什么的,每个国家都不一样啊。日本可能用到三的地方比较多,但其他国家可不是这样。这您怎么解释啊?"

"但我是日本的魔法师啊。"

说着她还闭起一只眼睛对里华做了一个调皮的表情。

"啊呀,我是认真考虑这个问题的,都被魔法师带偏了。"

里华有些懊恼,随手就抱起了不知什么时候跑进房间的白猫。白猫像条泥鳅似的扭动了几下从她手里挣脱,跳上了坐在摇椅上的魔法师的大腿。

"我开玩笑的。"

里华做了个双手从膝盖上滑下来的动作。

"开玩笑？人家还特意记下来了呢。"

"其实很简单的。"

"啊？"

"就是看出对的人的方法。"

"简单？"

"无法变成回忆的人，就是你命运中的人。"

"无法变成回忆？"

"对他的好感不会成为过去式。不会去怀念他的好。无论过了多少年，你们的关系永远是现在进行时。这样的人，就是真正对的人。"

"这样啊……"

里华站起来走到窗边。为什么今天没看见蜗牛，她本想最后一次摸摸它的壳，向它道别。

"总有一天会遇到的。"

"是呀。"

忽然，里华说了句连她自己都感到诧异的话。

"如果魔法师是男人就好了，那样的话，我……"

"啊？"

想い出あずかります

魔法师原本架着的双腿突然滑落，蜷缩在膝盖上的猫咪栽到地上，露出一副"竟敢摔本大爷"的表情愤愤地跑出了屋子。

里华慌忙挥舞双手解释说：

"啊，不是不是，您搞错了。我不是对魔法师是女人有什么不满。"

魔法师站起来骨碌一转身走出了房间。

"完蛋……生气了吗？"

她好像是去找白猫道歉了，但白猫离去时一脸怒意，即便说什么也不会听吧。

还是把猫咪赶进里屋比较好。但五分钟过去了，十分钟过去了，魔法师还没有回来。以前魔法师找不到猫的时候，就会拍拍手说算了，但这次不一样。这可不是里华想要的分别方式。

"对不起。"

她走出客厅，来到走廊上说了一声。

"怎么了？"

突然传出一个男人的声音。里华猛地向后一退。

走廊尽头房间的门打开了，从里面走出来一个男人。他身高近一百九十公分，眼睛是蓝色的，鼻梁高挺，最主要的是他的下巴棱角鲜明，线条完美。男人身穿晚礼服，脚踏一双锃亮的黑皮靴，发色近乎于绿色和灰色之间，发型则是爽利的"一道杠"。

"请问,您难道是……"

里华抬着头小心翼翼地问道。

"魔法师?"

"是啊。"

他的声线低沉圆润富有磁性,走起路来也挺胸阔步。

"原来魔法师你心目中的男人就是这个样子啊。"

里华盯着他插在上衣口袋里的深红色玫瑰,强忍着笑问道。

"很奇怪吗?"

"奇怪倒不奇怪。刚才你也说自己是日本魔法师,但现在这个样子完全是外国人嘛。"

里华记得看世界杯的时候,德国队的一个后卫很像魔法师现在的样子,只是头发的颜色不一样。

"是你说我如果是男人就好了,所以我才想变成男人给你看看呀。"

"这样啊。谢谢你的好意,但魔法师你还是变回来吧。如果突然变成个男人,会吓到来店里的孩子们的。"

"你放心,这种小问题难不倒魔法师的啦。"

女性特有的尾音倒是变回来了。但一个大男人拖着"啦"音越听越让人感到毛骨悚然。唉,这种欢乐的时光也只有今天了。

里华抓起魔法师的手紧紧握住,端详他骨节分明的手指和血管浮现的手背。

想い出あずかります

"怎么了?"

没有回答,她把脸贴在魔法师宽厚的胸膛上。他太高了,所以正确地说是贴在胸口之下,肚子之上的位置。

"到底怎么了呀?"

魔法师轻声问道,并伸出双手抱住了里华。

"以后再也见不到你了。我不要。"

或许是因为变了一个样子,里华才敢做出这样的举动。如果是六年来早已习惯的女性形象,里华肯定会害羞。拥抱什么的,根本就做不出来。

"为什么到了二十岁就见不到了?"

"你问为什么……"

刚才还满怀笑意,现在却泫然欲泣。我这样哭哭笑笑在她,不对,在这个大块头男人看来,是有趣呢,还是无聊?

里华掏了掏口袋,这时才发现今天忘了带手帕。

"给你。"

男魔法师从口袋里掏出自己的手帕给她。想不到变身变得不仅快而且彻底,连小细节都没放过。白底的手帕上绣着红黑两色的条纹。里华有些怄气,故意把鼻涕都揾在上面。

"是不是到了明天有关当铺的所有回忆都会从我脑海中消失?"

"是的。"

"这太过分了,就像小偷一样。"

"哎?"

里华贴着他的胸口,抗议道:

"直到最后,我都没能留下任何回忆。和魔法师一起聊天、一起喝茶的分分秒秒也是我的回忆。但你要把它们全都取走,你说这是不是小偷?"

魔法师默不作声,没有回答。里华在想他是不是又生气了。

"你说,是不是啊。"

结果还是她先开口打破沉默。

"我还是第一次收到这样的抗议……"

魔法师用他长长的手指抚弄着下巴,陷入沉思中。

"大部分孩子上了高中后就不再来这里了。他们到了二十岁,就忘记了自己寄存过回忆这件事。所以至今还没有人会为忘记这里的一切而感到不满。"

"你拐弯抹角地解释了半天,就是想说我是个厚脸皮的奇葩咯。"

里华的倔脾气又上来了,她气鼓鼓地瞪着魔法师。

"你听我说,一开始做这样的决定是有理由的。人类长大后想法就没小时候那么单纯。或许有人长大后会觉得用回忆换钱这种事太不像话,然后气势汹汹地跑来找我理论,甚至想要搞垮我的店。那我住在这里也不得安宁,或许还会有大人跑来

想い出あずかります

问我借钱。总之不消除他们的记忆就会有很多麻烦,索性让他们到二十岁的时候就把这家店忘掉。这样一来,我也能省心许多,继续待在这里收集各种有趣的回忆。"

"你说得或许没错,但我……"

"一旦开了头就覆水难收了。"

"不要说得像政府办事一样好吗!"

"但就是这样啊。"

白猫从两人脚下溜过,跳上楼梯跑进走廊尽头的房间。

"我们也上去吧。"

说着男魔法师弯着腰走上楼梯,里华跟在他身后。

他们来到阳台上,看见红黄两色的落叶依旧像一群蝴蝶似的飘散在空中。但这美景并没有干扰里华的注意力,她还在找话来反击魔法师。

"难道魔法师你……"

"我什么?"

"其实一直在撒谎?"

"啊?"

"你说你只能分辨有趣和无聊这两种感觉其实是骗人的。"

"啊?"

"魔法师你呀,不可能没有人类的感情。喜欢啦,讨厌啦,快乐还有孤独,这些感情你全都有。"

"这种事……"

"两年半前你不是为遥斗君妈妈去世这件事感到烦恼吗？那是因为你喜欢遥斗君，所以不想他难过。"

"这是……"

"而且，你之前不是也说过吗，'我是个内心纤细的怪物。'"

"我没说过……"

身高一米八五的大男人像个女生一样拼命挥手否认。

"我没说是怪物，我只是说我内心纤细而已。"

"不是怪物？"

"是啊。"

大概觉得被说成怪物伤了自尊，男魔法师脸一沉背朝里华注视着大海。一只海鸥在天空中回旋，它的背上载着三只蜗牛。里华看到后眼珠子都快瞪出来了。它们在飞行游吗？！原来除了打扫窗台，蜗牛也有休闲娱乐的时候。来这里都六年了，她现在才知道有这种事。

但现在不是为这种事大惊小怪的时候，他们的较量还未结束。

"你内心纤细也好怪物也好不去管它。总之我想说的是，魔法师你骗人。如果过了二十岁不消除孩子们的记忆，或许会对你的生活带来影响，这我相信，但我觉得这并不是真正的原因。因为你是万能的魔法师啊，就算大人来找碴又怎么样，你

想い出あずかります

挥挥手就能把他们打发了。所以你根本就不用担心会被迫离开这里。"

"那你说真正的原因是什么?"

"总有一天自己会被人遗忘,你觉得很寂寞吧。所以与其被人忘掉,孤零零地遗留在这海边,还不如自己动手主动和他们说永别呢。"

男魔法师什么也没说,但里华发现他用力握了下阳台的栏杆。

"但是,魔法师,我有自信不会忘记你的。"

里华自信满满地说。

"无论去向何处,我都不会忘记。因为这是我重要的回忆,我绝不会忘记。"

"但是……"

男魔法师终于开口。

"人类总有一天是要死的。"

"哎……"

"死了就什么都没有了不是吗?"

"但这也是很久很久以后的事……也有可能突然提前。"

"最长寿的人类也不过能活一百二十五年吧。"

"好像是的。"

"但我在这个世界上已经存在了几万年,或者几十万年,多到我都想不起来了。"

男魔法师轻轻地转过身,凝视着里华的脸,深邃的蓝色瞳孔里发出淡淡的紫光。

"所以人类的生死对我来说只不过是弹指之间。"

"你别以为自己什么都懂!"

里华发狠了。

"啊?"

紫色的光消失了。

"死亡对人来说并不是终结!只要带着回忆,就能暂时照看着这个世界,等他觉得可以了,再前往另一个世界。虽然这并非绝对,也无法证明,但我相信,就算去了另一个世界,我也一定会带着对魔法师的回忆来找你的!"

蓝色的瞳孔蒙上了一层水汽,里华察觉到魔法师的变化,移开了视线。他仿佛是在说,这是不可能的。

"我回去了。"

里华坦坦荡荡地走下楼梯,该说的都说了。身后没有响起挽留她的脚步声,也没看见松鼠的影子,蜗牛还在海鸥的背上。偌大的客厅只有她的包孤零零地放在凳子上格外显眼。里华拿过包,打开门。她想回过头再看一看这个地方。罢了,即便不看她也记得室内的每个角落。

想い出あずかります

走出门外，里华愣住了。这座房子原本是建立在一块岩场上的，但现在四周的石块不见了，变成了一片沙滩。仔细看的话，沙粒原来都是细小的玻璃粒子，在夕阳的照射下，玻璃沙粒泛起彩虹般的光辉，沙滩也染成了金色。是呀，在魔法的世界，赤橙黄绿青蓝紫合在一起就是金色。

迈出脚步的里华朝屋顶看去。两手撑着阳台护栏的魔法师正看着自己。她是什么时候换回女装的？不对，她也不用换衣服，只要施展魔法，就能在一瞬间从男人变成女人，这当然也包括打扮。这时魔法师系着淡粉色百合图案的围裙，银色的卷发随风摇曳，她就站在那里，注视着里华离去。

听说在甲子园输掉比赛的高中棒球选手会拼命往口袋里装运动场的沙土带回去。里华也想带走一些玻璃沙，但她没有这样做，而是抬腿踏上了石阶。马上就要走到第一个转弯口了，这也是最后一个能看到回忆当铺的地方。

里华转过头。

魔法师看着她。

她们视线相交。

蝶舞纷飞的黄叶与红叶突然变成了一个个亮片，反射着亮光，静静地，静静地降落在沙滩上、海面上。

✧ ✧ ✧

当晚，爸爸妈妈在家里给里华举办了一个小小的生日会。

"彩排在老家，正场在东京。你倒不吃亏啊。"

被妈妈挖苦了几句，里华发誓明年绝对不回家过生日。她用叉子戳中一颗蛋糕上的草莓。

不吃蛋糕只是不停喝酒的爸爸说：

"你也二十岁了，要不要也来一杯啤酒？"

结果还没等他说完，里华就拿起爸爸刚倒满的杯子一饮而尽。

"没事吧？里华，你脸都红了。"

其实里华知道，自己和妈妈一样是喝不了酒的体质。于是她跌跌撞撞地走到沙发边，倒头就睡。

"唉，都二十岁了还和小学生似的，也不知道去床上睡。"

母亲的抱怨声越来越远。

✧ ✧ ✧

睁开眼睛，想要去厕所。里华迷迷糊糊的，一时忘了自己身在何处。

等眼睛适应了光线，才发觉自己像只大虾似的蜷在客厅的

想い出あずかります

沙发上。那张沙发有些年月，弹簧都变了形，一觉醒来里华腰酸背痛。

为什么没有梦到魔法师？里华很失望。明明才说过什么永世不忘，来世相见之类很决绝的话，结果第二天就忘得一干二净也太差劲了。

她上完厕所开始刷牙。瞥了眼时钟，现在是凌晨三点零四分。回房间接着睡吧，还能睡四五个小时。

本想静悄悄地不要吵到父母，结果牙刷从手里滑了出来，砸在洗手池上，"砰"的一声掉到地上。

嗯，好像有什么不对劲。

我没忘。

但日子已经过了。

我还记得回忆当铺。

✡　✡　✡

今天是文化节，因为放假，爸爸慢悠悠吃着早饭，但相应的他要做家务活儿。妈妈已经放出话来："伺候人的事儿只干到昨天为止。"一会儿洗碗和打扫浴室都要爸爸来做。

快到中午的时候，里华跑出家门。她乘着北风加速跑到海边。白浪涌上沙滩，远处云层笼罩天空。昨天还是蔚蓝的海面已经变成了灰色,里华一边欣赏风景,一边跑着。

我还记得,这里是入口,赶快下石阶。

里华想挑战一步跨三级,便猛地加速,膝盖以刺痛的方式提出了抗议。右转,继续往下走,再转一个弯就能看见小屋的房顶了。

里华突然站住了。

远处只有一片铺满黑石头的岩场以及与海岸相隔的鲸岛,光秃秃的,就像站前蛋糕店卖的巧克力慕斯,找不到她脑海中那座温馨的小屋。

"你站在那里干吗?"

里华被身后传来的说话声吓了一跳,转身时差点踩空摔倒。失去平衡的里华下意识地伸出手,那个说话的人急忙拉住她。

"抱歉,多谢你啦。"

"没事。"

是遥斗,他捡起刚才为了拉住里华在情急之下扔在地上的运动包,拍了拍上面的尘土。

"好久不见,遥斗君。"

"是很久没见了。"

经历了一个夏天,遥斗被晒得黝黑。

"现在还踢球吗?"

"踢,不过已经退部了,但还留在队里指导新人。"

想い出あずかります

"你变了好多呢。"

"有吗？"

"你以前不是喜欢叫我阿姨吗。现在我上大学了，你是不是该叫阿婆啦？"

"以前还小，对不起。"

遥斗难为情地低下了头。

"都中三了吧。你还去魔法师那里吗？"

沉默了一阵，遥斗答道：

"老妈去世后，我就再也没去当过回忆了。"

"是吗。"

"如果突然再也不去，魔法师肯定会寂寞的，所以偶尔还是会去转转。这段日子学校活动比较多，再加上总是考试，所以就没有去过。"

"唔。"

"不过今天魔法师让我一定要过来一趟。"

"真的吗？"

"她还说了'一定会很无聊'之类的话，我不是太明白。"

为什么突然会觉得无聊？遥斗在心里反刍这句话，还是不明白。于是问里华：

"里华前辈也是魔法师叫来的吗？"

对了，这孩子还不知道我已经二十岁了。里华摇摇头。

"没有,我只是路过看看,就不去当铺了。"

"啊,走这么远只是看看。你是不是觉得我在不方便啊?"

"没有啦,你别多想。对了,你帮我给魔法师捎句话吧。"

"好啊,什么话?"

里华抬头望着天空。厚厚的云层露出缝隙,透过缝隙能窥见云层背后的青空。她把视线又转回到遥斗身上,对他说:

"你就说,'谢谢你'。"

"'谢谢你',就这个?"

"还有,来生我也要当魔法师。"

"什么意思啊。好奇怪。"

遥斗捂着嘴偷笑,里华仿佛瞥见了他儿时的模样。

"好的,我替你告诉她。"

说完他就往下跑去。不愧是足球部成员,一步能跨过四级石阶。里华望着除了石头就只有石头的岩场,心想,会不会等遥斗走到那里,那座小屋就突然出现了呢?

她有这样的预感,但并未注视着遥斗走到那里,而是踏上了归途。

她觉得自己不能去看。

这一次,也是最后一次,行走在这条路上。

里华一步一步使劲地踩在地上。